にほんおおかみ【日本狼】　オオカミの一亜種。日本の特産種として本州以南にすんでいたが、明治三八年絶滅。（小学館「国語大辞典」）

序章

ぼくは子供のころ、「上を見ればきりがない、下を見ればきりがない」という言葉をおぼえた。それはうちのばあちゃんの口癖で、どうやら人は身のほどをわきまえて暮らさなきゃいけないという意味らしかった。

ばあちゃんは、異国の船が開国を迫って日本に来航しはじめた天保年間に信州の山村で生まれた。こういうと鎖国や開国が何かばあちゃんに関係があるように聞こえるかも知れないが、実のところ異国の話どころか、生まれてからこれまで信州の外へ一歩も出たことがないのがうちのばあちゃんなんだ。こういうのは鎖国人生というか、一体どういう生き方なのだろうと思うけれども、うちのばあちゃんに限らず、そのころはまだそんな人が珍しくなかったらしい。

　たしかに人は誰でも、外の世界があるなんてことを知らなければ自分の生まれた場所で結構楽しくやっていくものだろう。ただそれがいい人生かどうか、その人の身になってみなければ本当のところはわからないけれど。

　ぼくが育った信州の村には、尋常小学校の分教場はあったが、中学校は二里以上離れた山の向こうの隣町にしかなかった。小学校を卒業したぼくの同級生はだれも中学には進学しないで、すぐに家業の田畑作りを手伝ったり、女の子だと紡績工場へ働きに出たりした。ただ、福沢諭吉が「学問のすすめ」で、これからは学問をするかしないかで人間の優劣が決まると書いていることを知ったぼくの父親だけが、名主だった家の世間体もあって、思い切って息子を中学校へ入れることにした。

　毎日往復三時間の道を藁草履《わらぞうり》で通学するぼくは、若いのに外の世界を知っている人間として、村では一種珍奇な目で見られていた。みんなはぼくがよほど広い世界へ出たように思っていたらしいが、ぼく本人は、中学校のある町の向こうに、もっと別の広い場所があることを感じるようになっていた。そしてそんな広い場所があるのなら、なんとしてもその世界へ出たいと思うようになった。若いのだからそう思っても当然じゃないか。中学校を終えたら、その後はばあちゃんと同じように一生のあいだ村に閉じこもったまま生きるなんて、考えただけでも、わあっと大声で叫び出したくなる。ぼくが叫べば周囲の山々が谺《こだま》をかえして、叫び声の大合唱になったことだろう。

こんな願いが山の神様に通じたとしか思われない。中学校を出て村一番の物知りになったのだから、これ以上の望みはないと満足した父親に、中学校の先生が、ぼくに見込みがあることを力説し、東京の第一高等学校の試験を受けさせてはどうかと説得してくれたのだ。とんでもない話だが、えらい先生のいうことに面と向かって反対できない父親は、「まあ、受けるだけなら……」という感じで、しぶしぶ承知した。まさか自分の息子が受かるとは夢にも思っていなかったのだろう。ところが、そのまさかが現実のものになった。ぼくは天下の高等学校に合格したのだ。真新しい小倉の袴《はかま》をつけ、下ろしたての下駄を履いて上京するぼくを、小学校の同級生や親戚の人たちが祭りの幟《のぼり》をかついでわいわいいいながら、二里以上離れた汽車の停車場まで見送りに来てくれた。これだけでも、それがどんなにものすごい快挙だったかがわかるだろう。

こうしてやってきた東京という都会は、ぼくにさまざまな感銘を与えた。すべてが村とは桁違《けたちが》いで、つまり、「上には上がある」と痛感させられたのだ。そして、痛いほど胸にしみたこの知恵と引き換えに、ぼくはばあちゃんから教えられた「上を見ればきりがない――」というあの金言のほうを捨てた。二つの言葉はぼんやり聞くと似ているようにも見えるが、中身はまったく別のものだ。その違いを説明してみろといわれたら、どういえばいいのだろう。そうだね、「上を見ればきりがない――」には諦《あきら》めのため息が付きまとっているが、「上には上がある」のほうは感動のため息が重なっている、といったらわかってもらえるだろうか。

こういう話がある――。信州には諏訪湖という大きい湖があるのだが、湖なんか見たこともない山奥の人がはじめてこの湖にやってきて、「わー、こりゃでっけー！　こりゃ海かね？」と驚いて尋ねたそうだ。すると諏訪の人が笑って、「これが海なもんか。本当の海ってのは、この三倍はあるぞ」と教えてやったというんだが。

信州で聞く「上には上がある」の話がせいぜいこの程度なのに比べて、東京に出たぼくはどこへ行っても、山奥の人のように「わー、こりゃでっけー！」を繰り返していたような気がする。東京の景色や出来事は無論でかかったけれど、学校で英語やドイツ語を学び、東洋の哲学や西洋の歴史に興味をもつうちに、ぼくには世界がとてつもなく大きいものだということが少しずつわかってきた。世界ってのは東京の三倍はあるぞ、という具合にね。

一高、つまり東京第一高等学校は、日本中から集まった秀才ばかりで出来あがっていた。いずれ日本を背負って立つテクノクラートになることをめざして、よく頭が破裂しないものだと思うほど、だれもが夜遅くまで寮の部屋で猛烈に本を読んだり、辞書と首っぴきしていた。ぼくも故郷の信州では前代未聞の秀才といわれたけれど、そんなものはお笑いで、ここでもたちまち「上には上がある」ことを思い知らされた。

中身の充実で勝負する一高の学生は、外見をかざって軽薄な身なりなんかするやつを、とことんバカにする。つまり一高生は野蛮さが売りで、ハイカラの反対のバンカラが主流だ。そりゃもう学生服なんかボロ雑巾と変わらないくらい汚いのを着て、それで大道を闊《かっ》歩《ぽ》しながら音程のはずれた大声をはりあげ、寮歌やら春歌やらを次から次へと際限なく歌うんだから。世間の人は迷惑だろうけど、まあ、みんな、学生ってのはそういう変な生き物だと思ってあきらめているんだね。

勉強では天下の秀才相手に苦戦していたぼくも、バンカラにかけては、信州山国育ちだけに人に負けない自信があった。寮では夜中に腹が減ると、誰かが鍋物でも食おうぜといいだす。七輪に火を起こして、あとはみんながどこかで手に入れてきたものを、鍋の中にほうりこんで煮るのだ。それを真っ暗闇の中でやるので、誰が何を入れたのかまるで見当がつかない仕組みになっている。だからその鍋をヤミ汁というのでね。

ぐつぐつ煮立ってきたら適当に醤油で味付けをして、杓子で椀にすくって食べるわけだが、魚だの野菜だのにありつけるやつは世にもまれな強運の持ち主だといっていい。どさくさに下駄の片っぽだの雑巾だのをほうりこむやつがいるので、そんな代物が椀の中でふくれあがって湯気を立てているのを見た日にゃあ、たいていのものなら食ってしまうぼくもさすがにげ、ん、な、りしてしまう。

ヤミ汁とはまた別のおもむきで、赤犬のすき焼きは大御馳走だし、蜂の子もわるくない。ぼくなどはいつも信州でそうしていたように、蜂の巣を見つけると親蜂が刺しにくるぐらいは何とも思わず、脂がのった幼虫を巣穴からほじくり出し、醤油をつけて夢中になってむさぼり食ったものだった。

ぼくたちバンカラ派の学生にとっては毎日が、血がギンギン沸騰するような出来事の連続だった。それで一日おかれたのだから、本当に人間はどこかに取り柄はあるものだ。ぼくは同級生の鶴見という男を見どころのある秀才だと認めて尊敬していたけれど、鶴見は鶴見で人並みはずれたバンカラ男と思って、かねてからぼくに注目していたらしい。そんなわけで高校三年生になるまでに、ぼくと鶴見とは無二の親友になっていたのだった。山国から出てきたぼくと違って、鶴見はのんびりした岡山の城下町の出身で、バンカラにあこがれて人並みに乱暴ぶってみせたりするのだが、どうしても付焼き刃のぎこちなさになるところがご愛嬌だった。

ところで、ぼくたち学生はのんきにやっていたけれど、この明治三十七年は、日本という国が滅びるかどうかという瀬戸際の大変な年だった。

きっかけを作ったのはロシアだった。東方征服の野心を抱いたロシアは、大軍を続々と満州に送り込んで、日本に圧力をかけてきたのである。たとえば、犬小屋にいる犬が、向こうからやってくる熊を見つけたとしよう。まさかこんなところに熊がいるはずがないなんて思っているうちに、大きな熊がのそのそ近づいてきて犬小屋もろともぱくりと食われそうになったら犬はどうすると思う？　気の小さい犬なら、これはもう気絶して死んでしまうね。いくらかましな犬なら「あっちへ行ってくれ」というだろうし、たのもしい犬だったら食われてたまるかと相手の鼻に噛みつくはずだ。

日本は無論気絶なんかしない。外交を通じて、「あっちへ行ってくれ」といおうとした。だが熊のようなロシアは日本をバカにしてるから完全に無視だ。戦争はしたくないが相手がまともじゃないのだから、日本は食われる前に噛みつくことにした。つまり宣戦布告をして、一か八か死に物狂いの勝負に出たのだ。日本には、十三個師団二十万人の将兵がいる。この精鋭で敵に立ち向かう決意をしたけれども、敵のロシアはその十倍にあたる二百万人の常備兵力をもっているらしい。いくら日本の兵士が強いといっても、そんな話を聞くと心細くならざるをえない。戦争に負けたら日本という国は消えて、日本人はみなロシアの奴隷になってしまうという噂だった。

「こんな大国と戦争を始めて、これから日本はどうなるのかなあ」

鶴見は秀才らしい蒼白い額を翳《かげ》らせながら、時おり呟《つぶや》くようになった。

「大丈夫。心配することはない。俺たちには大和魂があるじゃないか。山椒は小粒でもぴりりと辛い。敵は幾万ありとても、すべて烏合《うごう》の衆なるぞ。――いざとなれば神風が吹いて天が助けてくれるに決まっている」

ぼくは将来を暗く考えるのが嫌いなので、思いつくかぎり日本に有利な条件を並べ立てる。

「君は楽天的でいいよ」鶴見はあきれたようにいったが、それでも少しは気を取り直したのか、「内村先生は、何としても戦争はやるべきでないと、強く主張しておられるのだがなあ」と、尊敬する内村先生を引き合いに出して戦争を批判した。鶴見がいつもお供をして歩いている内村鑑三という先生は洋行帰りの自由主義者で、学校の式日に、壇上に掲げた勅語《ちょくご》を天皇だと思って全員が最敬礼することになっているにもかかわらず、キリスト者としてそんなものを拝むことはできないと一人だけ敬礼を拒否して、学校をクビになった。

この事件のあと、内村先生には「不敬な奴！」「国賊！」という罵声《ばせい》が集中したそうである。話を聞いたとき、ぼくは、クビになったり人に罵《ののし》られる大変さに比べれば、勅語に頭を下げることぐらい簡単じゃないかと、内村先生の頑固さに驚いた。だが一方では、国賊と呼ばれようとクビになろうと、頑として信念を曲げないという姿勢がとても男らしくも見えた。人間も上には上があるぞと思った。ただ、こういう考えはぼくとは差があり過ぎて、本当のところはまだよくわからなかったけれど。

鶴見は毎週、内村先生の家で開かれている聖書の研究会に通っていて、よかったら一緒に行かないかとぼくを誘った。しかしぼくは、堅苦しい会は苦手だといって参加を断った。

堅苦しいことがきらいなのは嘘ではないが、改めて考えてみて、ぼくは自分が聖書の研究会へ行くのをためらったのにはもっと他の理由があることに気がついた。こういうことをいうのはバカみたいで恥ずかしいけれど思い切っていってしまう。ぼくは――、聖書の研究なんかに深入りすると、自分の体が半分キリスト教に吸引されて西洋かぶれになってしまい、半分しか日本人じゃなくなるような気がしたのだ。――これはまったく根拠のない妄想だよ。それでも何だかそれが不安だし恐ろしかったんだ。鶴見のような秀才なら聖書を通じてスマートに西洋と同化できるのだろうが、山国信州人のぼくは根っから日本人にできているから、下手に西洋の異物が体内に入り込むと人間が壊れてしまう恐れがあったのだ。

そういう点では、東京に出てきたとはいっても、ぼくの身体の中にはまぎれもなくばあちゃんと同じ血が流れていた。内村先生はキリスト教の神しか拝まないといって、勅語を――つまり天皇を、神のように拝むことを拒否した。そう、西洋には神様がただ一人しかいなくて、その神以外のものを拝んではいけないことになっている。だがぼくには、そこがひっかかるところなんだ。何だか了簡《りょうけん》がせせまいなあと。神様なんか一人じゃなく、たくさんいたっていいじゃないかと。

　ぼくが子供のとき、ばあちゃんは広い空が見わたせる丘の上に立って両手をひろげ、「山にも川にも樹木にも、石にも雲にも、みんな神様が宿っているのだぞ」と教えてくれた。そんな時のばあちゃんはなぜか、とてもおごそかだった。ぼくはその言葉をまったく疑わなかった。太陽の光を浴びてかがやいている自然はみんなたとえようもなく奇麗《きれい》で、神様のすみかに本当にふさわしく見えたから。

　こうしてぼくはたくさんの神様に囲まれて成長した。無論これはぼくだけのことではない。山国では、きこりが木を切るときは木の神を拝んでお許しを願ってから切るのだし、旅する人が峠を越えるときには峠の神に手を合わせ何かお供えして通るしきたりなのである。こうして挨拶さえ欠かさなければ、神様はいつもこっちに悪いことが起きないように守っていてくれるのだ。

　こんなぼくがキリスト信者になるというのは――例えていえば、ばあちゃんはじめ大勢の親兄弟や親類縁者にかこまれて暮らしているぼくが、人さらいにさらわれ、角兵衛獅子の親方に売り飛ばされたあげく、その親方にこれからは他の人間を信用せずに俺のいうことだけを聞けといわれるぐらい大変なことなのだ。

第一章　探検隊の出発

1

聖書研究会に一度も参加したことがないぼくのことを、どういうわけか、内村先生が知っているという。

〈金井清君は元気があって、なかなかいいぞ〉

微笑をうかべて内村先生がいったというのだ。そのことをぼくに伝えたのは、むろん鶴見だった。まだ自己紹介していなかったけれど、金井清というのがぼくの名前だ。

「ちょっと待ってくれい。どうして内村先生がおれのことを知っているんだ」

「ぼくが話したんだよ、こんな面白いやつがいます、といって。金井は青大将を見つけると鎌首をおさえて、うまく皮をむいてしまうんですとか、金井は川に潜って一分間も息をとめたまま、川底のサンショウウオを観察しているんですとか。……まあ、いつも君がやっていることをだよ。先生は愉快そうに聞いていらっしゃった。どうも君が気に入ったらしいな」

そういわれても、ぼくにはよくわからなかった。なんだか、鶴見がくだらないことをしゃべって歩く軽薄な男になったような気がした。多分ぼくがふくれっ面をしたのだろう。少しあわてた様子で鶴見は説明した。

——日本にいまイギリスの探検隊が来ている。野生種動物を捕獲する「アジア動物学探検隊」というのだ。その探検隊が、日本の野や山にいる動物に詳しい学生を助手として雇いたがっている。そんなわけで内村先生のところへ、適当な人物を紹介してもらえないかという話がイギリス大使館関係者から来たのだ。

そういわれても、話のつながりがよくわからない。

「イギリスから探検隊なんか来ているのか?」

とりあえずぼくはそう聞いた。

「うん。もう半年前から、日本の哺乳類を調査しているそうだ。これまで関東や中部の山岳地帯に入っていたけど、冬が近づいたのでこの後は紀伊半島へ行って終わりにするらしい」

「へえ！」

ぼくは、こりゃ驚いたというようにぽかんと口をあけ、間抜け面をつくった。それを見た鶴見は、ぼくが探検隊の話に感心したのだと思ったことだろう。だが本当はそうじゃなかった。がぁんと頭を張り飛ばされたぐらい、逆上していたんだ。だってそうだろう。日本はロシアと必死に戦っている。戦場では毎日兵隊が突撃して、何百人何千人もばたばたと死んでいく。攻撃する大砲の弾だって、みんなが食べるものを節約してやっと造っているのだ。貧しい日本でこんなすごい消耗がいつまでも続かないことは誰にだってわかっている。そのあとどんな終わりがやってくるのかを考えたら、心が震えない日本人はいないはずだ。まさに国家存亡の危機だ。そんな大変な時期に、日本にはどんな動物が棲んでいるか、ひとつ調べに出掛けてみようだって？

それじゃまるで、家が火事になったので手桶で必死に水をかけている人に向かって、

「喉《のど》が渇いたので、その水を一杯くれませんか」と気楽に茶碗を差し出すようなものじゃないか。イギリスってのは、そんなに他人の気持ちがわからないひま人ばかりが住んでいる国かと、ぼくは思った。つまり腹が立ったのだ。イギリスが戦争の苦しみと無縁な顔をしていることに。まあ、そんなのどかな国が羨《うらや》ましいというのもあった。だからぼくは、仏頂面になりそうな自分をぐっと抑えて、そのかわりに手軽な間抜け面をしてみせたのだ。

「おい、大丈夫か?」ぼくが腑《ふ》抜けになってしまったので、鶴見は心配して肩を揺さぶった。

「ああ、今はちょっとふらっと来たな……。きっと河童に尻子玉をぬかれたんだべや」

鶴見は何をいってるんだという顔で、上着のポケットから四つに畳んだ紙を取り出すと、そいつをひろげて、

「いいか、イギリスの動物学探検隊というのはだね、――アジア各国の野生の哺乳類をイギリス本国において研究・展示するため、ロンドン動物学会と大英博物館が採集の探検隊を派遣するものである、と書いてある。シナやインド、ビルマなんかへも行っているわけだ。――ああそれから、探検にかかる費用の全額は英国貴族のベットフォード公という人が出したとも書いてある」

「ふうん……」

「わかってるのか？　イギリスの貴族はすごい金持ちなんだな。だが何でイギリス人が、わざわざアジアまで来て動物なんか集めたがるんだ？」とぼくは聞いた。

「さあ、……大体、博物学というのは何でも集めたがるもんじゃないか」鶴見は考えるのが面倒くさいので適当なことをいった。ぼくと付き合ってから、だいぶずぼらが移ったかも知れない。

「日本でもだいぶいろんな種類の動物を集めたが、これから紀伊半島へ移動するという時になって、それまで探検隊に付いていた日本人の助手兼通訳がへばったんだ。それで代わりの人物を紹介してほしいと内村先生に依頼してきた。内村先生は札幌農学校の出身だろ。渡米する前は北海道の開拓使に勤めてサケやニシンの漁業担当をしていたこともあって、動物学の分野では外国の知人も多いのさ。それにしてもぼくが君の話を先生の耳に入れたのはよかった。そういう仕事の助手なら、金井清君が適任者だろうと、先生はすぐ決められたからね」

鶴見はにこにこした。もうすべてが決定したみたいにだ。これで鶴見が先生にぼくの話をしたのは、ただのおしゃべりではなく、探検隊の助手に推薦するためだったとわかったが、ちょっと待ってくれ。探検隊の助手なんていうのは物語で読むぶんには面白いだろうが、実際に自分がやるとなると話は別だ。これが日本の探検隊なら志願してでも助手にしてもらうけれども、青い目をした異人たちに連れられて深い森の中へ入っていくのは気が進まない。

それにぼくの聞き間違いでなければ、いま鶴見は助手兼通訳といったのである。ということは、行く先々でぼくが日本人とイギリス人との間に立って流暢《りゅうちょう》に言葉を使い分けるということか？　内村先生も鶴見も、ぼくにそんなことができると思っているのだろうか。冗談じゃない。その瞬間ぼくはその場から逃げ出そうとした。だが、脱兎のごとくいなくなるはずだったぼくの学生服の袖を、どこにそんな運動神経があったのか鶴見が素早くつかんでいた。前のめりの身体が引き戻されると同時に、ビリッという鈍い音がしてボロ雑巾のような上着のどこかが裂けた。

「あ、悪い……」鶴見は一応謝った。内心では謝るほどの代物じゃないと思っているだろうが。仕方なくぼくはもう一度、もそもそとその場に座った。その場っていうのはむさくるしい寮の部屋なんだけどね。

「通訳のことは――」と、ぼくの気持ちを読んだように鶴見がいった。「探検隊のアンダーソンという人が少しは日本語がわかるのだそうだ。だから、あまり心配しなくてもいいと先生がいっていた。……それにお世辞じゃなく、君くらいの力があれば会話は大丈夫だろう。西洋人と話ができるのだから、なまの英語を磨くのに、またとない機会じゃないか」

鶴見の言葉は、やわらかな羽根のように、ぼくのうぬぼれ心と好奇心をくすぐった。

2

結局、ぼくはこの話にのることにした。探検隊が紀伊半島に滞在する日数は、一月中旬から下旬にかけての二週間ほどだという。学校も休暇に入っていることだし、西洋人との付き合いもそれぐらいなら何とかなるだろうと楽観的に考えることにした。まもなく明治三十八年を迎える十二月のことだった。

このころ、旅順の日本軍は再三にわたってロシア軍の要塞に総攻撃をくりかえしていたが、コンクリートで固めた壁にろくに穴をあけることさえできなかったらしい。こうして手間取っているうちに、ロシアの増強艦隊が到着して旅順港に入港してしまったら、日本が戦争に勝つ見込みはほとんどなくなる。旅順が先に陥《お》ちるか、敵艦隊が先に到着するか、命がけの競争だった。

ただ日本にとっていくらか有利だったのは、アフリカ大陸の南端に位置する喜望峰回りで大遠征をしてくる敵艦隊が今どのあたりにいるかということを、日本の同盟国であるイギリスが、寄港地にはりめぐらした情報網を使って刻々と教えてくれていたことである。これがもし敵艦隊の居場所が全然わからないままだったら、日本人はみな疑心暗鬼におちいって、戦う前に疲れ果てていたかも知れない。そうならずに済んだのは、何といってもイギリスが味方をしてくれているおかげだった。それを考えたら、野生動物の調査だろうと暇つぶしだろうと、はるばるイギリスから訪れているお客を誠心誠意もてなさなければ、日本人は恩知らずということになってしまう。だからぼくも助手兼通訳を引き受けるからには、イギリスの探検隊のためにできるだけ役立つつもりだった。

ところでぼくは、大変な思い違いをしていた。ぼくは探検隊という言葉から、アフリカの奥地に入ったリビングストンのように、布張りの白いヘルメット帽をかぶり、銃を肩に掛け、隊列の後ろに重い荷物をかついだ多くの現地人を従えて密林の中を歩く男たちの一隊を想像していたのである。だがその話はもっと後のことだ。

歳末のある日、内村先生の聖書研究会から帰ってきた鶴見が、ぼくの部屋に入ってくるなり、

「探検隊のアンダーソン氏が一度、君に会っておきたいといっているらしいんだ」といった。「先生は、それならアンダーソン氏の泊まっているホテルへ金井君を行かせようといわれたんだが、アンダーソン氏は、ノー、私ガ会イタイノダカラ、私ガ金井サンノトコロへ行キマース、と主張して君のところへ出掛けてくることになった。今度ノ日曜日デース」

鶴見は外国人の抑揚をまねてヘンな日本語をしゃべった。

「君のところって……じゃあこの寮に来るのか、そのアンダーソンって人は？」

ぼくはあわてた。助手兼通訳を引き受けてすでに心構えはできているつもりだったが、実際はどうもそうではなかったみたいだ。机と本箱と、一年中敷きっぱなしの万年床だけでいっぱいのこの狭い部屋に、入口に頭をぶつけそうにでかい外国人が入ってくるところ

を想像したとたん、何だか不安になってきた。その大男が「ハロー！」などといいながら、野球のグローブみたいな手を差し出して握手を求める。そしてぼくが何げなく相手の顔を見ると、金髪の巻き毛の下にある大きな顔は喉に食べ物を詰まらしたみたいに真っ赤に充血し、ビー玉そっくりの緑色の瞳がじっとこちらの顔を凝視しているのだろう。西洋人というのはたいていそうなのだ。まるで大江山の鬼だ。ぼくは鶴見に気づかれないように身震いした。

「……少しは部屋を掃除しておいたほうがいいぞ。ぼくもアンダーソン氏に会ってみたいな。同席してもかまわないだろう？　アンダーソン氏は大学では動物生態学を学んだ人だそうだが、どんな人なのかな……」

鶴見はどこかうきうきした調子でいった。本当に人の気も知らないで軽薄な声を出すやつだ。ぼくは気が落ち込んできたので返事もしてやらなかった。

そして次の日曜日が恨めしいほどすぐにやって来た。その前夜、ぼくは暗い森の中でいろいろな獣を見る夢にうなされた。犀《サイ》とか河馬《カバ》とか象《ゾウ》とか、だいたい無闇にでかくて鬱陶《うっとう》しい厚皮動物ばかりが次々に現れたような気がしたんだが。

寮の食堂で朝飯を食べてから、布団を片付けたり畳の上を掃いたりして何だか落ち着かずにいるうち、すぐに約束の十時になった。寮の建物の前のでこぼこ道にエンジンの音が響いた。ひびの入った部屋のガラス窓からのぞいて見ると、最近東京の町で時々見かけるようになった貴賓紳士の乗る箱型自動車が一台止まったところで、その後ろにもう一台、馬をつないでいない無蓋馬車のようなロコモビルという自動車がつづいていた。アンダーソン氏ひとりじゃなく大勢で来たのかと見ていると、まず箱型自動車の運転席から西洋人の若い運転手が下り立った。頭は赤毛で、それによく似合うラクダ色のセーターを着たその男は、すっきり痩《や》せた体つきのせいか、ひどく背が高く見えた。さあ次はいよいよ大江山の鬼が後ろの扉を開けて出てくる番だぞと、ぼくは固唾《かたず》を呑んだ。ところがこれがなかなか出てこないんだね、どういうわけだか。

そのうちに、後続のロコモビルの御者台みたいな席に並んで乗っている二人が車から下りた。こっちは日本人で、黒い詰め襟服を着て、黒々とした口髭のある、目付きの悪いおじさんたちだった。この二人は車を下りるには下りたが、その後はとりたてですることもないように、そのあたりをぶらついているだけだ。

と、さきほどのセーター姿の運転手が寮の入口へ向かうのが目に入った。日本人と違ってひざを曲げずに歩くので、キリンがのんびり移動するような動きに見えた。ひざを曲げるとどうしても、せかせかと用ありげに見えるんだけど。ははあ、到着したことをまず運転手が知らせにきて、箱型自動車にいる大江山の親方はもったいぶって後から出てくる気だなと、そこまで見とどけて、ぼくは部屋の真ん中にもどった。そこには寮母のおばさんから借りてきた丸いちゃぶ台を出しておいたんだが、その前に座ると急に心臓がどきどきしてきた。

ノックの音がした。ぼくはあたふたとして反射的に立ち上がっていた。

「カムイン、プリーズ」といおうとしたが、声が喉にからみついて、うまく出てこない。なにしろこれまで西洋人と二人きりになったことがないのだから、どうしたらいいのかわかるわけがない。ところが戸があいて顔を出したのは鶴見だった。いつもだと「いるか?」といいながら返事も待たず入ってくるくせに、何のまねだ今日は。鶴見はうろたえているぼくを見て、ひっかかったなというように、にやっとした。それから、

「おい、アンダーソン氏の自動車を見ただろ。イギリスの探検隊はやっぱり金持ちだよ」といいながらちゃぶ台の前に座った。

それでも鶴見が来てくれたおかげで、ぼくは落ち着きをとりもどすことができた。だからすぐに二度目のノックの音がして運転手が入ってきたときには、将来外交官になってい

るぼくが西洋人との会談にのぞむ時のように、身辺に余裕を漂わせることができた。まあ、そうはいっても相手はたかが運転手なんだけれどね。

相手は二十四か五ぐらい。頬のそげた細長い顔だ。彫りが深くて目がひっこんでいるせいか、少し陰気な顔立ちだった。そいつが何か挨拶らしいことをいうんだけれど、一語ずつ区切っていわないから、学校で習うイギリス語とはまったく別の言語をしゃべっているとしか思われない。戸惑っていると、相手はそばかすのある自分の頬を指さしながら、たどたどしい日本語でこういった。

「私ハ、アンダーソン、デス。ヨロシクネ」

ぼくは、あっと声を立てそうになった。運転手だと思いこんでしまって、これが探検隊のアンダーソン氏本人だとは考えもしなかった。アンダーソンがこんなに若い人物だったとは！　頭の中に大江山の鬼みたいにいかつい人物像を刷り込んでいたぼくは、この時、不安が幻想を生み出すということを学んだ。

「ところで、君は金井清ですか」とアンダーソン氏が、イギリス語に切り替えて訊《たず》ねてきた。肩の力が抜けたせいか、言葉の意味が今度ははっきりわかった。ぼくもイギリス語で自己紹介をしてから、ついでにぼくの親友だといって、そこに座っている鶴見をアンダーソンに引き合わせた。

　握手を交わしてから丸いちゃぶ台を囲んだ。アンダーソン氏はそろえて立てたひざがしらを抱いて窮屈そうだったが、それでも青い目で部屋の中を見回しながら、「とても面白い部屋だ」とお世辞をいった。壁には、三つの顔と六本の手をもつ荒神様と、抜き身の剣をにぎりしめた水天様の二体の姿を、赤黒二色で木版刷りにしたお札が並べて貼ってあるので、それが珍しかったのかも知れない。このお札はばあちゃんが栗や柿といっしょに、故郷から小包で送ってくれたものだ。荒神様は火事を防いでくれる神様だからいいとして、男のぼくに安産の守り神の水天様のお札を送ってよこした意味がよくわからないが、ばあちゃんのことだから何か深い考えがあるに違いないと思って、こうして祀《まつ》っておいたのである。

　寮母のおばさんが運んでくれた番茶を飲んでから、アンダーソン氏は、これまでの半年に日本で捕獲した野生動物の話をした。月の輪熊、カモシカ、猪、狸、狐、イタチ、ムササビ、モモンガ、兎、栗鼠《リス》、モグラ、猿——。ほかにもいろんな名前があがった。彼は日本のどの地方にどんな動物が生息しているかについて、驚くほどよく知っていた。どんな渡り鳥がいつどこへ来て羽を休めるかということや、日本人が捕って食べる動物と食べない動物の区別なども。

アジア動物学探検隊の隊員に選ばれてからの一年間は、図書館に通って日本に関する知識を詰め込み、ロンドンで日本人の家庭教師をやとって日本語を覚えたのだそうだ。

そういう話を、ぼくたちにわかりやすく、少し日本語をまじえて語ったのだ。鶴見とぼくは、このイギリス人がこれほどの努力を積み重ねた上で日本へやってきたことに感心した。

「日本では大体予定通りの仕事をすることができたが――」とアンダーソンはいった。

「でも、まだ欲しい動物がある。東日本でも探したし、中部地方でも探したがまだ見つかっていない。だから、西日本でそれを発見して、ぜひ入手したいと思っている」

アンダーソン氏は青い目でぼくと鶴見を交互に見た。

「まだ見つかっていない動物って何ですか?」

いろんな動物の姿を回り灯籠のように思い浮かべながら、ぼくは質問した。

「ツチノコじゃないかな!……それともオロチ?」鶴見がつぶやいた。

「ツチノコ、オロチ、ではない。伝説上の動物や想像上の動物はたくさんいます。竜やヌエ、鳳凰《ほうおう》や麒麟《きりん》もその仲間でしょう?　だが、私が探しているのは、もっと現実的な動物だ。学名はカニス・ホドフィラクス。日本語ではオオカミという。日本の本土にだけ生息している種類のニホンオオカミです」

何だ狼《オオカミ》か、とぼくは思った。

さがしても見つからないというから、もっと特殊で貴重な生き物かと思ったのだ。狼だったら、そんなに血まなこになって探さなくても、群れになって山の中に棲んでいるじゃないか。もっともその群れが腹を減らしていたりすれば大変なことになるから、あまり会いに行きたくはないけれども。それに狼は冬になると人里へ近づいてくる。姿は見えなくても村人が遠吠えを聞くことはよくあるし、飢えた狼は農家の鶏小屋や、飼い犬を襲うこともある。ぼくが子供だったころ、ばあちゃんは、また狼が吠えているからこの子が目を覚まして泣くんじゃないかとよく心配したそうだ。——日本についての該博な知識をもっていることはわかったが、なんといっても外国人だから、アンダーソン氏には狼が日本の山野ではありふれた獣にすぎないという基礎的な知識が欠けているのに違いなかった。それとも、狼を何か他の動物と取り違えているのか？

その理由はともかく、イギリスの探検隊がまだ狼を一匹も捕らえていないことだけは確からしかった。それだけにアンダーソン氏は、今後の紀伊半島での調査になみなみならぬ意欲を示した。

「新しい年がすぐに来る。そうしたらすぐ紀伊半島の山に入って調査を始めたい。カナイ、いいね？」

「イエス、サー」とぼくはいった。するとアンダーソンは長い右手をのばして、ぼくの肩を二度たたいた。日本語でいうと、「よしよし」という感じだった。

それからアンダーソンが帰っていくときの話だが、ぼくは見送るふりをしながら、彼が自分でハンドルをにぎる箱型自動車の後部座席をこっそりとのぞいて見ずにはいられなかった。もちろんそこは空席で、大江山の酒呑童子に似たイギリス人など乗っているはずもなかったのだが。

ぼくと鶴見の前にガソリンくさい匂いをのこして二台の自動車がガタガタと走り去った。黒服の二人組はぼくたちには目もくれず、ただ前の車に引き離されるのを恐れるようにあわてでついていった。とても探検隊の隊員には見えないが、あの二人組は何者だろう――

ぼくが首をかしげていると、鶴見も同じことを考えていたらしく、

「あれは警察がつけた護衛だぜ、きっと」といった。

3

ぼくが思い違いをしていたことは、もういっただろうか？　探検隊というとリビングストンのような一行を連想してしまうという——。紀伊半島での調査に出発するから、年が明けた一月十日に東京駅で合おうという連絡があった時、ぼくは当然、指定された駅の改札口に、一目で探検隊とわかる白い布張りのヘルメット帽をかぶった西洋人の一隊が集まっているものと思っていた。だが、そうではないから話がやっかいなのだ。

当日の東京駅には、いくら探しても探検隊らしい姿が見つからなかった。場所を間違えたのかと思って、あちこち走り回ってみたけれども無駄だった。高校の制服の上にマントをまとったぼくは、冬だというのに汗をびっしょりかき、狐につままれたような気持ちになった。このまま時が経過したら、ぼくは探検隊の話が夢だったのかと疑いはじめたに違いない。しかしようやく、アンダーソン氏が人混みの中から現れた。しかしその姿は何とも意外なものであった。彼はすその長い外套を着て、頭には英国紳士の象徴のような絹の山高帽をかぶっていたのである。ぼくはほっとしながらも、彼が一人きりで他の探検隊員が見えないことが気になったが、アンダーソンはそんなことにまるで頓着せず、「君は時間に正確だ」とぼくをほめた。そんな時もアンダーソンの頬のそげた顔はきまじめで、よく冷えた青葡萄《ぶどう》みたいな目でじっと見つめられると、ほめられた気分にはならなかったけれども。

アンダーソンは片手に蝙蝠傘《こうもり》、片手に中型の革のトランクを提《さ》げた格好で、「では行こうか」といった。行こうといわれても、これはどう見ても探検にでかける格好ではない。仕掛け罠《わな》とか捕獲檻《おり》などはどうなっているのだろうか。ぼくはそのことを訊《き》こうとした。ところがその瞬間、ぼくの背後から「おい！」と呼んだ者があって、そのために出端をくじかれてしまった。振り返って見ると、そこにいたのは例の黒服の二人組だった。

「君が新しい助手の金井だな。ここからの警護は、われわれの手を離れて鉄道警察に引きつがれる。奈良に着いてからのことは県庁の外事課で取り計らうことになっている」

二人組はすべてを承知している顔で、事務連絡のつもりらしいぶっきらぼうな声を投げると、そのまま返事を待たずに行ってしまった。

ぼくは着替えを詰め込んだ信玄袋を肩にかついで、アンダーソンに続いた。目の前の改札口にはもう駅長が待ち受けていて、うやうやしい態度でアンダーソン氏とぼくを下りホームの急行列車に案内した。それも一等車にだぜ。てっきり三等で行くものと思っていたぼくは、これにはぶったまげた。どうやらぼくたちには、同盟国イギリスの要人一行に対する破格の待遇が与えられているらしい。もっとも後でわかったところでは、実はぼくだけはお供扱いで三等の切符なのだけれど、要人が用があってお供を一等車に呼び寄せているという形にして、駅長がここに席をとってくれたのであった。その時はそうとは知らないから、自分まで一等乗客の待遇をうけていると思い込んで、いい気分でアンダーソンと向かい合わせに豪華な座席を占領した。

それから、汽笛が響き、汽車が動き出した時、ぼくはまずずっと気になっていたことを訊ねた。

「アンダーソンさん。ほかの人は、どこにいるのです?」

「ほかの人って?」アンダーソンは、わからないという身振りをした。

「あなたの仲間。――探検隊の人たちですよ」

「ああ、ほかの探検隊員!」とうなずいてから、アンダーソンは驚くべきことをいった。

「ほかの隊員はだれもいない。私と君だけ。二人で紀伊半島の動物を調査する。イイデスネ？」

いいですね、だけが日本語だった。ぼくはその前の部分を聞き違えたのだと思った。だってそうじゃないか。イギリスから探検隊が来ているのに、ほかの隊員がだれもいない？　今ここにいる二人だけ？　そして、二人だけで紀伊半島の動物を調査する？　どう考えてもそんなわけがないだろう。

汽車は長い旅路の途中、立ち寄った駅々で機関車に石炭や水を補給しながら行くので、そんな時は停車時間がうんざりするほど長い。どうして二人だけなのか、その理由をアンダーソン氏に説明してもらう時間は十分にあった。

なぜ、探検隊のほかの隊員がだれもいないのか？　ぼくの語学力ではアンダーソンの語るところを即座に理解するという具合にはいかず、訊き直したり、考え込んだりの時間がかなり必要だったが、それでも急行列車が箱根の長いトンネルを抜けるまでには、どうにか事情がのみこめてきた。

ぼくたちのやりとりを整理していえば、こんな具合だった。

「アンダーソンさん、探検隊のほかの隊員はだれもいないというけど、その人たちはどこへ行ったのですか？　まだ前の調査地に残って仕事をしているのですか？」

「おお、そうじゃない。探検隊として日本に来たのはもともと私だけだ……」

ちょっと口を挟むければど、こう聴いた時は自分の耳を疑った。探検隊というのなら、隊員が大勢いるのが当たり前だろう。一人だけだったら「隊」とはいわないんじゃないか。

ぼくはくどいことは好きじゃないけれど、さすがにこの時だけは、

「本当に、あなた一人だけ？」と念を押さずにはいられなかった。

「そう、本当のことだ。どうしてそうなのか説明しよう」アンダーソンは座席で長い脚を組み直してから、ぼくの目をまっすぐ見つめ、自分の話がちゃんと理解されているかどうか確かめながら、次のような話をした。

「イギリスを客船で出発した時、アジア動物学探検隊のメンバーは二十一人いた。大勢で、とても賑やかだった。探検隊が乗った船は大西洋を南下してジブラルタル海峡から地中海に入り、スエズ運河を通って、左にアラビア半島、右にアフリカ大陸の砂漠を見ながら一路紅海を進んだ。紅海は海という名が付いているものの、じっさいのところスエズ運河につながる憂鬱な狭い水域に過ぎないので、ようやく広大なインド洋へ出たときは本当に気持ちが晴れ晴れして皆で祝杯をあげたよ。こうして長い航海の果てに、わたしたちはようやくアジアの海域に入ることができたのだ。そして船は最初の目的地インドに着いた。

ここで七人の仲間が船を下りた。そのあと行ったシナでもやはり七人が下りた。……つまり隊員のうち十四人が、今回の探検の重要な目的地であるインド及びシナを担当するメンバーなのだ。ワカリマスカ？」

「ちょっと待ってください。……探検隊の重要な目的地はインドとシナなんですか？ぼくは日本だとばかり思っていたけど」

「もちろん日本も大事な目的地の一つに違いない。しかし、インドとシナは国土が広いから、それだけたくさんの人手が必要になる。ソウデショウ？」

「広い国土にはたくさんの人手……。これは、その土地が重要かどうかというよりは、広さに対する比率の問題だと考えてもいいでしょうか」

こう訊いたのは、確かめておかないと何だか日本が軽く見られているような気がしたからだった。アンダーソンはぼくが口にした英語を、頭の中で彼にわかる英語に置き換えるあいだ三秒だけ沈黙し、それから厳粛な口調でいった。

「ソウデス。まさにそのとおり。君は正しい。……インドとシナの国土が広いために、それ以外の目的地へ行く隊員の人数が制限されたのは残念だと思う」

「インドとシナへ行った人を引き算すると、残りは七人だけど……、その人たちはどこへ行ったのですか?」

「その他の隊員は、一人で一つの国を担当することに決まっていて、セイロン、ビルマ、シャム、アンナン、台湾、朝鮮で、それぞれ下船していったのだ。そして最後に、日本を担当する隊員である私がこの国に来た。ワカリマスカ? ドウ?」

「うーん……そういうわけでしたか」と、ぼくはうなった。

これでアンダーソン以外の西洋人が東京駅の改札口に現れなかった理由はわかったが、だからといって、すべて疑問が氷解したわけではない。ひとつの謎の解明は、次の疑問を呼び出していた。——野生動物の調査をやるといっても、こちらの出会いたい動物が山の中から尻尾を振って出てくるわけではあるまいし、ぼくら二人きりで何ができるというのだろう。これから行く紀伊半島という土地がどんなにとんでもないところか、この気むずかしい顔をしたイギリスの若手動物学者は本当に知っているのだろうか、という疑問だった。

もちろん、ぼくだって大した知識をもっているわけではないが、紀伊半島が日本最大の半島であるぐらいのことは知っている。ここは奈良、三重、和歌山の三県が県境を接し、神の棲む土地として古代から人々の信仰を集めてきた神聖なる場所であり、東西一〇〇キロ、南北一〇〇キロにわたって人を寄せつけない峨々《がが》たる大山塊が日本屈指の一大秘境を形成しているという、とんでもないところなのである。こんな険しい大自然のただ中に生息している動物を、どうやったら調査できるというのだ。調査といっても遠くから望遠鏡で眺めるだけでなく、アンダーソンの話ではいろんな種類を捕獲するということだった。とくに、まだ手に入れていない狼を。――どうやって捕まえる？　まさか助手のぼくを、狼をおびき出す危険な囮《おとり》にするのではないだろうな。そのために助手を雇ったのだといい出したりして……。イギリス人は進取と冒険を好む反面、異民族に対しては残酷なことを平然とやってのける民族だというから、何をやりだすかわかったものではない。

ぼくは思わず猜疑心《さいぎ》に駆られた目付きでアンダーソンを見た。

「カナイ、どうした？」とアンダーソンが訊いたから、ぼくはよほど深刻な表情になっていたのだろう。鶴見が探検隊の話をもちこんでから、これまで経験したことのない奇妙な時間を漂っている感じが生まれ、何事にもくよくよしたことのない神経がヘンにとがるようになってきている。――これではいけない。本来の自分を取り戻さなければ。そう思ったぼくは、思いつきを即座に実行した。つまり雨に濡れた犬なんかがよくやる胴震いだね。あれを、思いきり一等車の座席でやって、悪い憑き物をふり払ったのだ。アンダーソンが目を丸くしたのがわかったが、別に説明することでもないから黙っていた。

「カナイは疲れているようだ。先は長いから少し眠っておくといい」アンダーソンはぼくの様子を注意深く見守りながらいった。

いまさら、あなたに狼をおびき出せといわれそうで不安だったのだと説明するわけにもいかない。いわれたとおり眠るのがよさそうだった。アンダーソンはトランクから厚手の本を取り出して、熱心に読みはじめた。ぼくは本を読むアンダーソンをぼんやりと眺めた。青い瞳がページを見つめたまま横書きのラインを追っていき、声は出さずに唇が動いていた。こっちに向けられた本のカバーには狼の顔の大きな飾り絵があった。「OF WOLVES AND MEN」――つまり「狼と人間」という題がついていた。アンダーソン氏は少しの時間もむだにしないで仕事にかかわっていた。その熱意に舌を巻きながら、ぼくは擦《す》り寄ってくる睡魔にいつともなく身をゆだねていった。

4

「では、これをお渡ししますので、後はご自由になさって結構でございます」

奈良県庁の外事課長はそういいながら、大きな角印を捺《お》した一通の書類をうやうやしくアンダーソン氏に手渡した。紀伊半島の山間部へ入って動物を獲ってもよろしいというお墨付きの「狩猟許可証」だった。

――ぼくたちは名古屋で一泊し、次の日、早い時刻の汽車に乗って昼近くに奈良に着いていた。奈良に到着したらまず県庁へ行って、外国人を扱う外事課で狩猟許可証をもらいなさいと内村先生から指示されていたぼくは、助手の仕事の手初めにアンダーソン氏を県庁に案内して役人とうまく交渉しようとはりきっていた。ところが奈良駅には県の役人が出迎えに来ていて、ぼくたちを立派な馬車で県庁に案内したのだった。そして助手のぼくが何をいうまもなく、狩猟許可証が出てきて、あっさりとアンダーソンに渡されたというわけだ。

「アリガトウゴザイマス」アンダーソンは課長に軽く会釈をし、日本語で礼を述べた。

「あなたがたの逗留なさる宿はとってございます。なるべく狩猟をする現場のそばがよろしいということでしたから、東吉野村の鷲家口《わしかぐち》という集落にある旅館にいたしておきました。あたり一面、杉ヒノキの樹林につつまれた深い山の中で、まあ、山の中の隠れ里みたいなところですから、あなたがたみたいな若い人には寂しすぎて辛抱でけんかもしれませんけど」

ぼくは課長が東吉野村に宿がとってあるといったことをアンダーソンに伝えた。

「ワカリマシタ。では、すでにハンターをテイクしてあるか、そのオフィサーに訊いてくれないか」とアンダーソンが英語でいった。

聞いてぼくは「えっ?」と思った。言葉が理解できなかったのではなく、話の中身が思いがけなかったからだ。アンダーソンがどうやって動物を捕まえるかということを、それまでまるで知らなかったのだから。

「課長さん、――アンダーソン氏が知りたがっていますが、猟師はもう雇ってくれてあるのでしょうか?」

そうか、助手がやらなくても、猟師を雇って動物を獲るという手があったんだ、と思いながら訊ねた。

「ああ、それは東京市の役場から依頼がございましたので、鷲家口の戸長に連絡して手配済みです。あそこの村には猟師が五人おるんやそうです。ただ、そのうちの二人がロシアとの戦争に召集されておるということで、残りの三人だけは間違いなく集めてありますよ」

課長は、自分の仕事に手落ちがないのを誇るように答えた。

そうなのだ。アンダーソンがこうしたいと要望することは、東京市役所とか奈良県庁の役人が、すべて遺漏なくお膳立てするのだ。二人きりで紀伊半島の山の中へ入っていってどうなるんだと思っていたぼくにも、物事の仕組みがだんだんわかってきた。つまり、アンダーソン氏は見たところ若造だけれども、彼の要望は英国が日本政府に対してこうして欲しいと望むのと同じ重みがあるのだ。頼まれた側は大変な責任を感じて、どんな注文にも早手回しの準備をしているのだと。

「それで、あなたがたが東吉野村へ行かれるにつきまして、警護の件でございますが……」

外事課長はそういいかけて、ちょっと失礼――と席を立つと、戸を開けて、廊下に待たせてあったらしい人物を応接室に呼び入れた。入ってきたのは、頭を角刈りにし、引き締まった身体に厚司《あつし》の半天を着て地下足袋履きという、鉄道工事の現場などで近ごろよく見かける手配師風の男だった。年齢は多分三十歳ぐらいだろう。部屋に入ってきたときの身ごなしが敏捷で、一瞬だがこちらに向けた目が白い刃のように光った。ぼくの経験からいうと、同級生でもこういうタイプのやつは喧嘩が強いから、なるべく敵に回さないほうがいい。一体何者だろうと思っていると、

「えーと、こちらは三輪町警察署の中道警部補といいまして、ご一行が当地に逗留されるあいだ、警護主任を申し付けてございます」と、外事課長はその男を紹介した。

「中道利三郎ですわ。お見知りおきを……。長旅でお疲れでしょうが、このあと現地まで私が案内させてもらいます」警部補は上体を十五度に折って挨拶した。こわもての身なりに似ず、めりはりのある動作だけは警官らしかった。

昼食をすませ、県庁を出たのは昼をだいぶ過ぎてからだった。中道警部補が先に立って歩き、案内されるままに奈良駅から出る支線の汽車に乗った。終点は桜井だという。いかにも地方の私鉄らしく、機関車がひっぱるのは客車と貨車それぞれ一両で、その客車にも乗客はまばらだった。座席に落ち着いてから、ぼくは車輪が線路の継ぎ目で立てるゴトンゴトンという音に身を任せた。高曇りの空に銀箔を貼ったように見える冬の太陽が、煙を

吐いて走る汽車の伴走者になって大和盆地をのんびりついてきた。

「東吉野村はもうすぐですか。着くのは何時ごろになりますか？」

できることならいつまでも、こうして、のどかな汽車に乗っていたいと思いながら、ぼくは中道警部補にたずねた。

「何時といわれても……。ほんまにそう簡単には行かれへん。到着するのは明日の夕方でっせ」

「えっ、そんなに遠いんですか！」

奈良県に入った以上、目的地はすぐ近くだろうと思っていたので、これには驚いた。ぼくたちが座っているのは四人掛けの座席で、片側にぼくと中道警部補が並び、向かいの窓側にアンダーソンがいるのだが、中道警部補は懐中から一枚の地図を取り出して、空いている座席のうえにひろげた。

それは日本陸軍測量部が作成した二万五千分の一の精密な紀伊半島図だった。そこだけを取り出された紀伊半島は、これでも半島かといいたいほど巨大に膨《ふく》らんでいて、その膨らみぐあいが狸の千畳敷そっくりだった。

「ちょっと見といてもらいましょか。――ええと、ここが奈良や。この汽車はこう走って……」中道は半島の真上中央、狸なら鼠蹊《そけい》部にあたるあたりを示し、指をほんの少し下にずらして止めると、「それで、ほら……ここがもう終点の桜井駅ですわ。――そこから先、あんたがたが行く東吉野村までは山道でまだ九里ほどありますけど、これは馬で行かなしょうがありません」

終点の桜井にあった警部補の指が、今度は時計の四時の方向に向く。見るとそこに一本の細い道がよろよろと右下へ続いていた。ここを馬で行くのか。地図に描かれた道筋がみみずがのたくったように曲がりくねっているのは、地勢が相当険しい山の中であることの証拠だ。

「今夜は桜井泊りということにして、夜が明けたら一番に宿を発ちましょう。東吉野村までは五、六時間かかりますわ。馬の背中でぼやっと居眠りしとると山道に放り出されるよって、眠うならんように今夜はよう休んどいとくなはれ」中道警部補は念を押すようにいった。

アンダーソンに今の警部補とのやりとりを伝えた。明日は三〇キロメートル以上も馬に揺られていくなんて嫌がるんじゃないかと思ったのだが、

「私は馬は得意だよ。イギリスではよく日曜日の遠乗りを楽しむんだ」

アンダーソンは大きな声でいった。彫りが深いためにいつも暗い影になっている瞳が、はじめて光を受けたように、いきいきと輝いた。故郷での遠乗りの光景がその目に見えているみたいだった。彼はもう半年も、家族や友だちと離れ、一人きりで東の果ての遠い国へ来ているのだ。家が恋しいのは当たり前だろう。

汽車は田畑と村落が織りなす風景の中を走り抜き、ようやく終点の桜井駅にたどりついた。停車場で車輪が止まると同時に機関手が高圧がまの口を開くので、噴射音とともに鋭く噴き出た蒸気が雲みたいに広がって、プラットホームにたちこめた。汽車がすごいエネルギーを蓄えてがんばってきたのだと思う感動の一瞬だ。ぼくはその様子をうっとりするほどいい気持ちで見ていたが、白い雲がうすれて視界がひらけると同時に、この駅全体が何か異様な緊張に包まれているのに気がついた。

何事だろうか。ぼくは外がよく見えるように窓枠を押し上げて、窓から顔を出した。すると異様な光景が目に飛び込んできた。この駅のホームには――ホームだけではなく改札口周辺もそうだったが――あきらかに普通の乗客ではない男の一団がいて、ぼくたちが乗ってきた汽車のほうを血走った目で睨《にら》みつけているのだ。制服の警察官もいるし、私服だがあきらかに刑事だとわかる男もいる。これは何かすごいことが起きたのに違いなかった。その私服の男たちが突然扉を押し開けて車内に乗り込んできた。それから乗客の顔を一つ一つ点検しはじめた。

これにはアンダーソンも異様さを感じたらしい。目を丸くして、「彼等は何者か？　列車強盗？」といった。

「大丈夫、警察ですよ。何か事件があったらしい」その必要はないのにぼくは自然に声をひそめていた。

その時足早な靴の音がして、立ち襟に五つ釦《ボタン》の巡査がぼくたちの横を通りかかった。

「市松、……なんかあったんか？」ぼくの隣から中道警部補が光る目をして声をかけた。

「はい！」と、市松と呼ばれた巡査は敬礼して、「昨日、奈良監獄を脱走した二人組が、この桜井方面に立ち回ったらしいです。署長の指揮で駅に非常線を張って警戒しております」

「そうか。あいつら桜井へ来よったか。それがほんまなら、足取りを追うのがちょっと面倒かも知れんなあ。こんな時に厄介なことが起きてくれたもんや……」

警部補はぼやきながら席を立ち、市松巡査を従えて素早くプラットホームへ出ていった。

それからホームにいる男たちと話している様子が窓越しに見えた。話している時間がずいぶん長い。

「監獄を脱走した囚人がこっちへ逃げたので、警察が探しているようです」と、ぼくはわくわくしながらアンダーソンに説明した。

「オー、日本は犯罪のない平和な国だと聞いていたが、そういう事件もあるのか」アンダーソンはやれやれというように頭を振ると、長びくのを覚悟したのか網棚のトランクから本を取り出して続きを読みはじめた。その様子を見ると、アンダーソンの頭の中の容量はすべて野生動物のことで占められていて、それ以外の事件などにはまるで関心がなさそうだった。

だがぼくはそうではなかった。監獄から二人の囚人が脱走したと聞いた瞬間、今までののんびりした気分がどこかへふっ飛んで、全身をめぐる血の流れが速くなっていたから。

脱獄などはめったにないすごい事件だろう。それがこんな身近で起こったのだ。脱獄囚はどんな連中なのか、一体どうやって監獄を抜け出し、どうやって逃走したのか――こんなどきどきする疑問が次々に湧いてきた。ぼくは想像力を刺激され、またたくまに空想の世界にはいりこんだ。それで中道警部補が車内にもどってきたのにもほとんど気がつかなかったほどだ。

「えらい待たせました……」中道はアンダーソンとぼくに半々にいった。「思わんことが起こりよったけど、捜査は署の連中に任せて、われわれは予定通りに行動しましょう。……ほな、ぼちぼち宿へ行きましょうか」

「はい」と返事するべきだったのに、事件のほうへ頭が向いていたぼくは、質問ともつかず、ひとりごとともつかず、うつろにこう口走ってしまった。

「脱獄囚が桜井へ向かったって、警察はどうしてわかったのかな……」

「ん？　何やて……」中道警部補は光る目でぼくを見つめた。あ、まずかった、素人がよけいな口出しをして警部補の気分を害してしまった、と気づいたが後の祭りだ。だが目が光ったのは一瞬で、相手はさりげなく網棚の荷物を下ろしてくれながら、「まあ、まず宿へ行こうやないか。ややこしい話は後や」といった。

5

桜井駅を出ると、街道沿いに宿場町らしい古風な家並みがつづいている。通行人を呼び止め、検問をしている警察官の姿がやたらに目についた。市松巡査は奈良から逃げた脱獄囚が桜井方面へ向かったといっていたが、たとえ犯人がここまで逃げてきたとしても、この厳重な警戒網をくぐり抜けることはできないだろう。

中道警部補が「すぐそこです」といって連れていってくれたのは、駅前の旅館の中でも一目で本陣だとわかる立派な老舗であった。店の者が丁重にアンダーソン氏を出迎えているとき、先ほどの市松巡査が急ぎ足でやってきて、道端に立ったまま中道警部補と早口で話しながら、何か書類らしいものを渡しているのが目にとまった。

店の中では番頭が、初めて異人というものを見たようにおそるおそるアンダーソンを部屋に案内している。ついていくと、その部屋は二十畳もの広さがあり、その上、控えの間や茶室までついていて、まるで大名の居間のようだった。アンダーソンは勧められて、大きな床の間の前で脇息付きのふかふかの座布団に座らされていた。

そのあとぼくも自分の部屋に案内してもらった。もちろんアンダーソンの部屋ほど豪華ではなかったが、それでも床の間付きの十畳の間だから、十九歳の高等学校生徒にはもったいないようなものだ。こんな上等な部屋にぼくが泊まることをもし鶴見が知ったら、寮の汚い部屋と比較して、きっと掃きだめに鶴の反対みたいなことをいうに違いないと思った。

ところで、知らない部屋に入ると、なぜか窓を開けて外が見たくなるものだ。これはまあ、狭いところに閉じ込められると不安になる動物の習性みたいなもんだから、ぼくもさっそく旅館の部屋の障子窓を開けてみた。すると、そこには視野をふさぐばかりに丘山が迫っていた。二等辺三角形の美しい形だった。見とれていると、いつの間に来ていたのか、中道警部補が部屋の入り口から、

「ええお山やろ。三輪山やで」といった。

「えっ、これが三輪山ですか！」ぼくは思わずおうむ返しに叫んで、冬日をゆったりと浴びているその山をあらためて見直した。

万葉集にある中大兄皇子《なかのおおえのおうじ》の歌がこの時、ゆらゆら陽炎《かげろう》が立ちのぼるように、ぼくの意識の表面に浮かび上がってきた。——

三輪山をしかも隠すか　雲だにも心あらなむ　隠そうべしや

（雲よ、どうしてそんなに三輪山を隠すのだ。私の気持ちがわかるなら、どうか隠さないでくれ）

中学の国語の授業で習って以来のぼくの愛唱歌だ。中大兄皇子が、住み慣れた大和から大津に遷都するにあたり、三輪山に名残を惜しんで詠んだ一首といわれている。中大兄皇子は見納めに心ゆくまで三輪山を眺めたかった。それなのに、あいにく山には雲がかかっていた。そこで皇子は雲にお願いしているんだ。ちょっとそこをどいてくれないかと。皇子だからといって偉そうに、雲に向かって「山を隠すな！」と命令しているわけではない。おれの気持ちをわかってくれ、と訴えているところが人間的でとてもいい。けど、ぼくが神様のことをばあちゃんから教えてもらっていなかったら、命令しなかったのは皇子が温和な性格だからだと思ったかもしれない。だがそうじゃないんだね。大化改新を断行したほどの中大兄皇子は激しい性格の持ち主だったに違いないんだ。ただ山に山の神様がいるように、雲には雲の神様がついている。皇子はこの場合雲の神様を相手にしているのだから、神様に命令なんかするわけにいかず、下手に出てお願いするしかなかったのだ。それが八百万《やおよろず》の神が住む日本のやり方なんだ。

それにしても、これまでこの歌でしか知らなかった三輪山が、現実に目の前いっぱいにひろがっていることにぼくは感動した。山といっても標高はせいぜい数百メートルで、丘の親玉ぐらいの高さしかないのだが、その堂々たる安定感たるや大したものだった。

中大兄皇子は雲のかかった三輪山を見ていたし、ぼくはこうしてよく晴れた三輪山を見ている。その間に千年以上の時の流れがあったのだが、まるでそんなふうには思われず、中大兄皇子とぼくの二人が並んで山を見ている気分にさせるものがここにはあった。悠久の感覚といったらいいだろうか。

ぼくがこうした感慨にふけっているあいだ、中道警部補は勝手に床の間の前にあぐらをかき、女中さんがいれていったお茶をうまそうに飲んでいた。それから菓子鉢の饅頭に手を伸ばしながら、

「大和の国は古いもんばっかりや。とくに三輪山はお山そのものがご神体で、三輪山を祀るオオミワ神社は日本で一番古い神社やねんで」といった。

「へえ、さすが……」と、何も知らないぼくは感心するしかなかった。この時警部補は、三輪山を祀る神社の名前を「オオミワ神社」だといった。耳から聞いただけであったから、どんな字を書くかはわからない。三輪山に関係あるオオミワだから、字で書け

ば「大三輪」とでも書くのだろうと、ぼくは勝手に思い込んだ。――後でそれが間違いであったことを知るのだが、この時はまだ神ならぬ身の知るよしもなかったのである。

「まあ、座ったらどうや」

中道警部補はぼくにお茶をすすめた。それからぼくが向かい合わせに座るのを待って、

「じつは、状況がちょっと、まずいことになった」という。

「まずいことって？……」三輪山のことで頭がいっぱいになっていたぼくは、話題が急に変わったと気がつかなかった。

「さっきあんた、――二人組がどうして桜井へ逃げたことがわかったのかて訊いたな？そのことやが……」

中道は漆《うるし》塗りの座敷机にほおづえを突き、すくい上げるように強い視線でこっちを見ると、

「そういうことは本来捜査の秘密だからいうわけにはいかんのだが……あんたは別だ。あんたは今後、この事件の関係者になる可能性が濃厚だからな。……だから一応、これまでの状況を知っておいてもらおうと思う」といった。

何となく聞いていたぼくの耳に、中道がいった「事件の関係者」という言葉がいきなり、

錐《きり》のように突き刺さってきた。

ちょっと待ってくれ。ぼくは囚人の脱走事件に興味があるし、いろいろ知りたがっているのは確かだよ。警部補が話してくれるというなら喜んで聞くけれども、ぼくが事件の関係者になる可能性が濃厚だとかいうのはどういうことだ？　ぼくはその言葉にいやな予感がした。

そんな戸惑いを無視して、中道警部補は、

「最初から話さんといかんな。……まずこれを見てもらおか」そういうと手にしている書類の束の中から半紙を二枚取り出して、机の上にこっち向きに並べた。二枚とも「手配書」と太い筆書きがあり、紙の真ん中にこれも筆で描いた二人の男の大きな似顔がある木版刷りだ。見まいとしても、目が吸い付けられた。とくに右側の手配書の迫力ある顔から視線がはずせず、ぼくは思わずそれを読んでしまった。

手配書
本名不詳（自称吉村鬼寅）　年齢不詳（四十歳ぐらい）　本籍地不詳　前科二犯
◎殺人罪で十年の懲役刑を受け奈良監獄に服役中のところ、一月十日脱走

◎中肉中背、眉目切れ上がり、背中に長さ三寸余りの古傷あり

吉村鬼寅という脱獄犯の似顔は、頬骨の高い、眉と目の吊りあがった鋭い顔付きに描かれ、一目で人を震え上がらせるに十分だった。への字に結んだ口元は不精髭におおわれて、その迫力は相当なものだった。

ぼくは息をつめてその男の似顔絵を見つめてから、もう一枚の手配書に目を移した。こちらの説明にはこうある。

手配書

風間矢之吉　二十八歳　本籍地和歌山県　前科一犯

◎殺人幇助罪で五年の懲役刑を受け奈良監獄に服役中のところ、一月十日脱走

◎小柄細身、色白にして整った顔立ちなれど、つねに口角に冷笑を浮かべ、残忍酷薄の印象あり

なるほど、描かれた似顔絵はいかにも娘たちにもてそうな、のっぺりした二枚目の顔

だった。睡《ねむ》たそうな細い目をした小ぶりの目鼻立ちだから、とても悪人には見えないが、こちらは手配書にある「殺人幇助罪」という言葉に「冷笑」「残忍酷薄」が結びついて、何だか身の毛がよだつような気がする。脱獄犯というのはやはり只者ではない。

「奈良監獄から逃げたのは、その吉村鬼寅と風間矢之吉ですわ。……奈良監獄いうんは、江戸時代に奈良代官所の牢屋敷だった建物でな。あまりにも古くなりすぎて、汚くて不衛生やというので、いま奈良の北はずれの山の中に、囚人を使役して、新しく西洋式のごつい大きい赤煉瓦の監獄を建造しとるんや。そんでこの二人は、使役の作業に駆り出されたときに、見張りの隙を盗んで脱走したらしいわ。それが昨日の昼間の出来事でな」

そういって中道は一息入れた。犯人の顔がわかり、事件の全容が語られようとしている。ぼくは一言も聞き洩《も》らすまいと全身を耳にした。

「脱獄囚の動きについては、昨日の夕方、現場近くの山で仕事をしとった木こりのおっさんが、それとわかる二人連れの男を目撃してたわ。目立つ赤色の囚人服やからな。二人で山道を息せき切って歩きながら、『まず汽車で桜井へ出てから……』といっておったそうや。桜井へ出てからどうするのか、後は残念ながら聞こえなかったらしいが、これは手掛かりとしては大きい。——それで管区の三輪町警察署が、ただちに桜井駅を中心に厳戒態勢をとったというわけだが……」

　ぼくは先ほど桜井駅のプラットホームにいた警官たちの血走った目を思い出した。ただ、本当に二人組が汽車に乗ったのなら、木こりに目撃された昨日のうちに桜井に着いてしまっているのではないかと思った。もし今日汽車に乗っていれば、あの厳重な警戒からして捕まらないはずがない――。ただ、どちらにしても、目立つ囚人服を着た男たちがいつまでも逃げきれるものではないだろう。

「昨日から今日まで、いくら張り込んでおっても捕まらんのは――」と、中道警部補はまるでぼくの脳の中を透視したようにいった。「やつらが変装して、ゆうゆうと非常線をくぐり抜けよったからや」

「えっ、変装して？」

　思いがけない一言に、ぼくは声をあげた。

「逃亡現場に近い山の中に、般若寺という古い寺があるんやが、今日になってその寺から、盗人に入られたという届け出があった。庫裏が荒らされ金や食物が盗まれたというてな。……警察が行って調べると、坊さんが托鉢《たくはつ》に出るときにかぶる網代笠《あじろがさ》や衣が二人分、のうなっとることがわかった。そのうえ住職の剃刀《かみそり》を勝手に使った形跡がある。……つまり奴らは人相が悪く見える不精髭を剃り落とし、衣と笠で雲水に変装し、汽車で桜井へ出たということだ。……奈良は寺ばっかりで、托鉢の坊さんは至るところを歩いとるがな。ひとりひとり調べるなんてことは、とてもできることやないで」

中道はため息をついた。

「頭のいい連中だなあ」と、思わずぼくは感嘆した。「石を隠そうと思ったらたくさんの石の中に置け、手紙を隠そうと思ったら手紙の束の中に入れておけという言葉があるけれど、これは坊さんを大勢の坊さんの中に紛れ込ませたのだからね。だが中道警部補にはぼくの独り言が癇《かん》にさわったようだ。じろりとこちらを見た目付きが険しい気がした。それでも、「そういうことやな」と、中道はぼくの言葉を受けた。

「でも、脱獄犯が坊さんに変装して桜井にいる、とわかっただけでも大きな手掛かりなのでしょう?」気のせいか苛《いら》立って見える中道を、ぼくは慰めた。

「ところが、そうは問屋がおろさん、ときた」

「えっ、どうしてですか」

「やつらはやはり、昨日のうちに桜井に着いておったのよ。それから夜更《ふ》けを待って、駅近くにある老舗の木材問屋に忍び込んでな、木材を扱う男衆が着る仕事着に目をつけて持っていきよった。——これが癪《しゃく》にさわる」

ぼくには、警部補が何に腹を立てているのかわからなかった。

「脱ぎ捨てた衣や網代笠は、木材置き場に隠してあったというわ……」

中道警部補が補足する。中道の顔を見返したとき、急に頭の中で霧が晴れたような気がした。

「あっ、そうか。——脱獄囚はここまで坊さんになって逃げてきて、それから今度は木材を扱う男衆に変装したんだ！」

犯人は逃走する途中で次々に変装を替え、警察の目をくらましているのだ。ぼくはもう一度、頭のいい連中だなあと嘆声を上げたくなった。

「——頭のええやつらや」と中道が、その言葉をぼくにいわせたくないようにため息まじりにいった。「捕まえるなら桜井へ着くまでが勝負やったのに、裏をかかれてしもたわ」

この言葉を聞いたとき、〈あれ？〉と思った。先ほど汽車の中で市松巡査から報告を受けた中道が、たしか今と同じようなことをいったのを思い出したからだ。何といったのだったか……。ぼくは学校の期末試験のために習った記憶術を駆使して、その言葉を意識の表面に呼び返した。そう、たしか中道はこういったのだ。――〈桜井へ来よったか。それがほんまなら、足取りを追うのがちょっと面倒かも知れんなあ〉と。

どうしてだ、とぼくは思った。なぜ捕まえるなら桜井へ着くまでで、桜井へ来てしまったら足取りを追うのが面倒になるのか。

「それはな……」と、ぼくの顔付きから察して中道は答えてくれた。「奈良から桜井までは距離が近いうえに一本道だから、その線だけを見張っておればええからや。そやけど桜井は交通の要所で、四方に街道が別れる。どこへでも行けるねん。……大阪でも和歌山でも、伊勢へでもな」

「あ、そうか――。それで足取りを追うのが大変なんですね。犯人がどっちへ向かうかわからないのだから」

あいづちを打つぼくを、中道はうなずきもせずに見つめた。それから、低い落ち着いた声で意外なことをいった。

「いや、さっきまではそう思っておったよ。だがな、道がどう分かれておっても、やつらがどの道を逃走したかはもうはっきりした。……木材問屋に忍び込んでくれたおかげでな」

え？　また訳のわからないことをいう、とぼくは思った。中道警部補、一体何がいいたいのだ？

「木材を扱う男衆の仕事着は、印半天に股引《ももひき》。手ぬぐいを鉢巻きにして、わらじ履きと決まったもんや。……ええか、警察に追われとる人間が変装するんやで。大阪や伊勢の町屋へ向かう賑やかな街道でこんな格好をしたら目立つがな。脱獄囚がわざわざ目立つ格好で歩こうとするか？　ありえんやろ。……となれば犯人は、こんな格好が普通で、だれもヘンだとは思わん場所へ向かったのと違うか」

中道はそこで口をむすんで、その言葉がぼくの頭脳の中心に届くのを待った。木材を扱う男衆が歩いていて当たり前の道があるだろう、と。

「そうか！」と、ぼくは叫んだ。石を隠そうとするなら石の中へ、だ。汽車の中で警部補が見せた紀伊半島の地図が頭によみがえった。桜井から時計の四時の方向へよろよろと延び、山の中へ入っていく一本の山道がはっきりと記憶によみがえってきた。杉や檜《ヒノキ》の樹林につつまれた東吉野村へと続く道だ。山働きらしい身なりの二人の男が歩いていく光景がそれに重なる――。

「それでは犯人も東吉野村への道を……」思いがけなさに声がつまってしまった。

「そうや。杉やヒノキを伐採する吉野の山の中では、大勢そんな身なりの男衆が働いておるからな。あいつらはそれを利用して、紀伊の山の中へ逃げ込む気に違いないわ。……あんたがこの事件の関係者になる可能性が濃厚だといったのは、そこのところだ」

中道警部補の話はようやく、そこへたどり着いた。

「ぼくが、関係者？　犯人がたまたまぼくたちが行くのと同じ道筋をとったとしても、別にぼくとは関係ないことでしょう」

ぼくは抵抗した。事件の関係者になるという言い方が、どうも不吉な気がして仕方がない。

「関係ないことはない。……もっとも、それはあんたのせいではなくて、あんたと一緒にいる西洋人の隊長さんのせいだがな」

中道警部補の目が、研いだ刃のように光っていた。ぼくは呆気にとられた。アンダーソンこそ何の関係があるんだ、と。

「逃亡した二人について、奈良監獄からいろいろな書類が届けられた。服役中の記録や性癖やら何やらな。それで、こいつらには厳重な警戒が必要だということになった……」

いいながら、中道は手配書の似顔を指さした。

「こいつらが山の中でアンダーソン氏を見たら、多分、ばっさり殺《や》りに来よる。この見込みにまず間違いはない。――そんな事態になる前にやつらを逮捕するつもりではおるがね。ただ、万一ということもあるので、あんたにもそのことは承知しておいてもらいたいのだ」

ばっさり殺るというのは、刃物で斬るということだろうか。鬼寅と矢之吉という脱獄囚がアンダーソンを襲うなどという考えがどこから出てきたのか。まったく論理性のない話としか思われず、ぼくは口をとがらせた。

「その二人が、会ったこともないアンダーソン氏に危害を加えなければならない理由が、どこにあるのですか？」　それに対する中道警部補の答えは、冗談でなければ、たちのよくない悪夢だとしか思われないものであった。

「吉村鬼寅はソンノウジョウイの狂信者なんや。西洋人を見ると逆上する。六年前、奈良の東大寺大仏殿の中で、大仏さんを見物していたイギリスの貿易商人に日本刀で斬りつけて重傷を負わせた。さいわい命はとりとめたが、なんでこんなことをしたのか、この時はまだ誰にもわからなかったらしいわ。……これで五年の懲役を食らったが、去年娑婆《しゃば》に出てくるとすぐ、今度は斬奸状《ざんかんじょう》を用意して京都のカトリック教会に乗り込んで、アメリカ人神父を斬り、一太刀で即死させた。斬奸状に、『日本を毒するけがらわしい紅毛人を斬る』と書いてあった。矢之吉は鬼寅の子分みたいなもんらしくて、その時、神父が逃げださんように押さえとったというわ」

聞いただけで背筋が寒くなった。鬼寅と矢之吉はもうそんな時からの仲間だったのだ。人殺しの仲間だ。だが、ソンノウジョウイって何だ？　一瞬、そこだけ話にぽっかり穴があいた気がしたが、すぐそれが「尊王攘夷」のことだとわかり、ぼくは仰天した。——えっ、今は明治三十八年だぜ、とぼくは声は出さずに叫んでいた。尊王攘夷というのは今から四十年も前の幕末の話だろ。日本に開国を迫る外国人どもを追い払い、帝を中心とする日本の国をこれまでどおり守っていこうという運動だろ。たしかに幕末という時代には、来日した大勢の西洋人が攘夷派の侍に斬り殺される血なまぐさい事件が続発したが、今ごろそんな攘夷派の生き残りがいて異人を追いかけるなんて、どう考えても本当のこととは思われない。

ぼくは下手な冗談を聞かされたときみたいに無理に笑おうとした。が、中道の目を見て笑いが凍った。警部補の表情は鉄の仮面みたいに引き締まっていた。とすれば、いくらウソみたいでもこれは本当のことなのか。ぼくは頭を誰か冷たい水で冷やしてくれないかと願った。鬼寅が尊王攘夷を本気で信奉しているとすれば、その時代錯誤ぶりは正気の沙汰ではないが、正気でないだけにその行為にはただならぬ不気味さが感じられた。

「不安を与えんように、今の話はアンダーソン氏には内緒にしとこうやないか。あんたも余計な心配はせんでええよ。……ただし東吉野村へ入ったら、どこかで二人組がこっちを見ておるんではないかと、辺りにいつも気を配っておくことや」

余計な心配はせんでええよ、と中道は軽くいうけれども、こんな話を聞かされて心配しないやつはいないだろう。ぼくは引き付けられたようにもう一度、手配書の二人の脱獄囚の顔に目をやった。その瞬間、この物凄い男たちとばったり出合うはめになるんじゃないかというイヤな予感が、頭の中をつむじ風のように吹いて過ぎた。

6

翌朝、アンダーソンは十分睡眠をとった顔をして、二十畳の部屋で特別注文のオムレツやサラダの朝食を食べていた。

「カナイ、今日もいい天気だ。いよいよ紀伊半島の東吉野村へ入る日が来た」

アンダーソンはぼくを見るとフォークの手をとめて、重大な宣言をする調子でいった。さすがシェイクスピアの国から来ただけあって、こういう言葉も芝居のせりふのようにメリハリが利いている。

「――おはよう、アンダーソンさん。いい天気ですね」とぼくも同じ挨拶を返したが、もしこれが二人で同じ歌詞の歌を唄っているのだとしたら、明らかにぼくのほうが低音部を受け持っているとわかるほど声が沈んでしまっていた。

アンダーソンは何も知らないから食欲もさかんだけれど、東吉野村への道を進めば、よく日に乾いた麦藁そっくりのその髪の色がどこで吉村鬼寅の目にとまるかわからないのだ。ぼくはその後に起こることを想像したくなかった。せめて、危険な男がいるから気をつけたほうがいい、と警告しておきたかったが、〈不安を与えんように、この話はアンダーソン氏には内緒にしとこうやないか〉と中道警部補にクギをさされた以上、何をいうわけにもいかなかった。つまり、ぼくにできることは、「どうかあの二人組をアンダーソンに近づけさせないでください」と、紀伊半島の神々に祈ることしかなかったのである。

そのうちに出発の時間が近づいた。寒い朝だった。旅館の前にはぼくたちのための馬が四頭、棒のように太い鼻息を吐きながら待機していた。ひどく頑強そうな馬ばかりだと思ったのも道理で、これはみんな山から伐り出した木材を運ぶ輓馬《ばんば》なのだそうである。いくら昨夜が寝不足でも、落馬してこいつに踏まれたら簡単に一巻の終わりになる。ぼくは絶対に居眠りしないぞと心に誓った。そこへ昨日と同じ手配師の格好をした中道がやってきて、アンダーソンとぼくを半々に見ながら、

「前途の状況が状況やから、念のため市松巡査を現地に同行させますわ」といった。かなり露骨ないい方だが、こんな複雑な日本語はどうせアンダーソンにはわからないから大丈夫だ。同行するという市松巡査も今日は制服を脱いで、厚司の半天に地下足袋という工事現場のあんちゃんの服装になっている。それで馬が四頭いるわけがわかった。応援は一人でも多い方がありがたかった。でもできることなら一人二人なんてケチなことをいわず、馬をもう十頭ぐらい用意して、十人もの巡査でぼくたちの身辺を警護してほしいというのが正直な気持ちだった。昨夜の話が尾を引いていて、中道警部補に市松巡査が加わったぐらいでは、脱獄囚を逮捕しようとしても、あの物凄い顔をした人斬り男にはとても敵わないんじゃないかという不安が頭から離れない。

正直にいうが、ぼくはかなりびびっていたのだ。自分でもまさかこれほど肝っ玉が小さいとは思っていなかった。囚人が逃走したと聞いたとき、読み物でも読むような無責任な面白がり方をした罰が当たったのだった。そのおかげでぼくは、東吉野村へと馬が進む道中でひとときも気持ちが休まらなかった。馬の行列は、先頭を市松巡査があたりを警戒しながら進み、その後をアンダーソン、そしてぼく、中道警部補という順に並んでいった。

これはいかにも昔から馬や人によく踏み固められた、山坂つづきの一本道だった。行くほどに山が深くなり、蛇行する道筋にたちまち方角がわからなくなってしまう。山働きの男衆の姿を遠くに見かけることはあったが、ここはもう人間の世界というより、密生しひしめく樹木が主役の世界だった。そして樹木の中に棲む生き物たちの世界だった。ぼくたちが通りかかると、近くの木の梢《こずえ》で見張っている鳥が警戒の鋭い鳴き声をたてたし、危険を感じたように胴の細長いイタチが急にくさむらから跳び出して逃げていった。いつものぼくなら、鳥や獣のそんな生態に心を吸い寄せられていただろう。だが、今日ばかりはそうしてはいられなかった。茂みのどこかから、あの異人殺しの二人の目がこっちを見ているかも知れないと思うと、気もそぞろになってしまうのだ。馬の上できょろきょろする様子をきっと、うしろから来る中道警部補にすっかり見られていたことだろう。

道はときどき二股に分かれ、その追分には石の地蔵さんや馬頭観音が立っていた。そのたびに先頭の市松巡査はためらいなく右手の道を選んで進んだ。つまりそれが時計の針の四時の方向というわけだった。そして街道沿いに何軒か茅葺《かやぶ》きの家が見える場所まで来ると、市松はそのたびに素早く馬から下りて、その集落に入っていく。例の似顔絵入りの手配書を見せて、「こういう男を見かけなかったか」と確かめているのに違いなかった。

だが思わしい結果が得られないことは、人家から出てくる市松巡査の様子を見ればわかった。――なにしろ杉やヒノキの山林に囲まれた山道で見かける者といえば木を伐採する山働きの男ばかりなのだから、二人の脱獄囚がそれと同じ印半天に股引、わらじ履きの格好で紛れ込んでしまえば、彼らをまともな人たちと識別する手掛かりはまったくない。

市松巡査が首を振ってダメだという合図を送り、中道警部補が小さくうなずく。半日のうちにそんなことが何度も繰り返された。やがて昼になるころ、見晴らしのよい峠に出て、茶店に馬を休めて昼食をとった。出てきたのはイワナの塩焼きに豆腐の田楽といった山国らしい食べ物で、ぼくには故郷を思い出させる懐かしい味だった。アンダーソンも、「ナイス！……オイシイ！」などとつぶやきながら箸をつけていた。それが本当に西洋人の口に合うものかどうか知らないが、「郷に入っては郷に従え」という諺《ことわざ》どおり、彼はその味覚を通じて日本を理解しようとしているのに違いない。そういう進取の精神はやはり冒険家らしくてすごいものだ。

「ところでカナイ、——どうしてわれわれの案内人は道をまっすぐ進まないで、何度もあちこちの家に入っていくのか。時間の無駄ではないか」

アンダーソンがこんな疑問を口にしたのは食事を終わって一同がのんびりと食後のお茶を飲んでいる時だった。やっぱり怪しまれてしまった、とぼくは思った。事情を知らないアンダーソンが市松巡査の行動を不審に思うのは当然だった。

「案内人に聞いてみるから、ちょっと待って……」ぼくはそういっておいて、「巡査がいちいち、よその家に立ち寄るのはなぜかとアンダーソン氏が尋ねていますよ」と、中道にいった。

「難儀やな……」中道はこちらを見ようともせずに、ゆっくり湯飲みを空にしてから無愛想な声でいった。「イギリスの探検隊が到着したさかい、みんな探検に協力してくれ、というて触れ歩いとるんや、——とでも答えといたらええがな」

ぼくは、中道が眉ひとつ動かさずにウソの話をつくりあげるその早さに驚いた。仕方なく、ぼくは警部補のいったとおりを英語で伝えた。

「おお、そうだったのか……」そういってアンダーソンは深くうなずいた。「ナカミチはとても行き届いた案内人だ。私はこの紀伊半島で必ずよい成果が得られるものと思う」

あきらかにアンダーソンは、中道警部補のつくり話に感動していた。ぼくは気がとがめて、つい嘘つきの張本人のほうに目をやらずにはいられなかったが、警部補は何もなかったように「市松、そろそろ出発するか」と市松巡査に声をかけて、もう立ち上がっていた。

――それからさらに二時間も一本道をたどった。鞍の上で揺られつづけ、尻がすっかり腫《は》れ上がった気がするころ、ようやく東吉野村の東端にある鷲家口という集落が近づいてきた。はるばるやってきたのは、深い山と山にはさまれて窪地になった淋しい土地であった。このあたりの山は恐ろしく身近に迫り、頭上にのしかかってくる気がした。まだ三時にはなっていないのに、そこかしこに、早くも夕闇の忍び寄る気配があった。

その時、静まり返った一本道の真ん中で、先頭の市松巡査が馬をとめた。続く三頭の馬もとまった。どうしたのだろうと思っていると、市松巡査が警部補を振り返って大きな声でいった。

「着きました。ここが宿泊いただく抱月楼です」

えっ、と思い、ぼくはキツネにつままれたような気がした。旅館に着いたといわれても、視界を占めるものはどこまでも鬱蒼とつづく樹海ばかりで、どこにも抱月楼という宿屋なんか見えなかったからである。ぼくがキョロキョロするのを見て、巡査は右手の雑木林の中を指さした。その指先をたどると、道から三十メートルほど入ったあたりだろうか、一軒のかなり大きい建物があるのを木の間隠れに認めることができた。

——そんな所に引っ込んでいたら宿泊客が気づかずに通り過ぎてしまうじゃないかと、ぼくは気の利かない旅館に舌打ちをした。これだから山国のうすぼんやりした宿屋はイヤだと思ったのだが、あらためて見直すと、これがなかなか立派な旅館なのだ。総二階の入《いり》母屋《もや》造りで、屋根がすべて黒々とした瓦葺きである。今朝、桜井を出発してから途中で見た民家がみんな粗末な茅葺きだったせいもあり、この瓦屋根の旅館がとても豪華に見えた。

「やれやれ無事到着や」中道警部補が大声を巡査に返した。それから恐ろしいことをいった。「——まず今日のところは、人斬り男に見つからずにすんだな。ばったり出合ったら、どないしょう思とったわ」

中道と市松巡査は敏捷に馬をおりて、草の小道を踏みしだきながら、抱月楼のほうへ消えた。

「ミスター・アンダーソン、ここがわれわれの旅の終点です。お疲れではありませんか」

まだ馬にまたがったまま、ぼくはそういった。若いアンダーソン氏に、疲れたかとか何とか、そんなことを訊く必要はなかったかも知れない。だが何というか、こんな地の果てみたいな紀伊半島の山の中まで、はるばるとやってきたアンダーソン氏に対して、ぼくはちょっとしたお祝いの言葉を述べたかったのだ。

「ああ、カナイ。やっと着いたね」アンダーソンは四方へ森の深さをさぐる目付きをした。「──いい地勢だ。動物学者の名にかけていうが、こういう地勢なら、ここには絶対たくさんの狼が棲んでいる。きっと何匹も、そのあたりのブッシュにひそんで、こっちの様子をうかがっているはずだ」

いわれてぼくがブッシュに目をやったときだった。偶然だろうか、一陣の風がそのあたりの葉裏を白くひるがえしつつ通り過ぎた。いや、風ではなく、狼の群れがしげみを走り抜けたようにも見えた。ぼくは全身の皮膚の表面がザワザワと騒立《さわだ》つのを感じた。怖さとか心細さの感覚も少しは混じっていたが、それだけではない。こいつは、さあ、いよいよ秘境での動物狩りが始まるぞという武者震いに違いなく、ぼくはそれを出陣の合図のように感じた。

第二章　大きな口の神様

1

東京を発つとき、仕掛け罠も捕獲檻も持たない軽装のアンダーソン氏を見て、これでどうやって動物を捕獲するのかと首をひねったものだったが、やってきたこの場所で謎がとけた。というのは、アジア動物学探検隊の荷物は別送されていて、厳重に梱包された数個の木箱が、宿営地の抱月楼にすでに届いていたからである。例によって役所の手配であることが、ぼくにはもうわかるようになっていた。

アンダーソン氏が見かけに似合わない大物であることを証明するものは、それだけではなかった。イギリス探検隊の滞在期間中、男衆や女中が六人もいるこの旅館は「臨時休業」となって、ほかの客をいっさい泊めない態勢をしいていた。つまりぼくたちへの全館貸し切りというわけだ。探検隊一行といっても中身はアンダーソン氏と助手のぼく金井清、それから護衛の中道警部補、市松巡査の四人だけなのに、それで貸し切りというのはすごい待遇だろう。こんなことにまで奈良県庁の外事課は気を配っていたんだ。

護衛官二人が階下に陣取り、二階がアンダーソン氏と助手の領分になると聞いて、ぼくはさっそく二階へあがって建物の造りを確かめることにした。するとうまいことに二階の長い廊下の両端に階段が設けられていて、建物のどちらからでも上り下りできるようになっていた。「いいぞ」と、ぼくは自分を安心させるためにつぶやいた。なぜって、もし寝込みを襲われたような場合、賊がどっちの階段からやってきても、これなら反対側の階段から逃げ出せるじゃないか。――階下で護衛にあたってくれる二人の警察官を信用しないわけではないよ。でも、フロイトのような西洋の医学者が分類した人間の気質にあてはめてみると、中道警部補はあの光る眼が示すように元気活発な胆汁質だし、子供のように血色のいい市松巡査の明るい性格はまぎれもなく多血質の典型だと思えた。つまり、二人とも床に就くと簡単に熟睡してしまうタイプの人間なのだ。だから万一深夜にいやなことが起こった場合、自分で自分とアンダーソン氏を守る方法を少しは考えておく必要があった。

そのあと、ぼくは庭下駄をはいて外に出た。外回りがどうなっているかも頭に入れておくほうがいいと思ったからだ。すると、やはり思った通りだった。旅館は周囲を深い樹林に取り囲まれていて、あまり見晴らしも利かず、本当に山の中の淋しい一軒家というほかなかった。少し庭らしいものがあるので、ようやく旅館かなとわかる程度の殺風景な造りだ。庭といっても、南向きの縁側に面した百坪ばかりの土地を庭石で格好をつけ、一方、何かあればそこが作業場にもなるという、田舎の農家の前庭みたいなものだった。その向こうは、仕切りの塀も何もないまま、自然にまた樹林の薄暗がりに溶け込んでいた。

鷲家口の集落にある旅館だというから少しは人の気配のする所かと思っていたのに、人家がまるで見えないことから判断すると、どうやらこの建物は集落のはずれにポツンと孤立しているらしい。

「こいつはまずいぞ」とぼくは呆然《ぼうぜん》と庭に立ったまままつぶやいた。これではあいつらがやってきてもまったく人目につくことがないいじゃないか。侵入を防ぐのは不可能だし、何が起こっても近隣の人たちに騒ぎが伝わりそうもなかった。そう思うとあの鬼寅と矢之吉の顔がもう木の間隠れに動いている気さえする。

こうして前方に注意を集中していた時、突然背後から声をかけられてぼくは飛び上がった。おそるおそる振り返ると、ほっとしたことにそこに凶悪な脱獄囚の姿はなく、年をとって干し柿のように縮んだじいさんが立っているだけだった。竹ぼうきを手にしているところを見ると、どうやらこのじいさんは、庭の落ち葉を掃きにきたらしかった。

「お客さんは、はるばる江戸から来やはったんか。ご苦労はんやなあ……」

振り向いたぼくに、じいさんは耳の遠い人にありがちな底抜けの大声でたずねた。抱月楼の半天を着ているところを見ると、客の案内をする玄関番か何かのじいさんに違いないが、いくら時代から取り残された山の中とはいえ、今どき東京を「江戸」という人も珍しい。それとも、このあたりではそんな古い言葉を皆が使っているのだろうか。

とっさにそんな感想がうかび、返事をしそこなってしまった。だがじいさんは返事はどうでもよかったらしい。「こんなとこに立ってなはると、風邪引くで。寒なったよってなあ。……掃いても掃いても、葉ぁが飛んできよるわ……。えらい山ん中やで驚いたやろ……」

「はい」と、ぼくは答えた。もともとぼくは年寄りが嫌いではない。うちのばあちゃんの、突然どこへ飛躍するかわからない話ぶりにも馴れているしね。だから、そのあとじいさんの話を聞いて、しばらく時間をつぶした。その話というのは、辺鄙《へんぴ》に見えても鷲家口という土地は木材の商談に来るお客が多いし、山林業で大儲けしている旦那方の宴会も多いので、これくらいの旅館が一つはないと困るのだというような内容で、ひとりごとみたいでもあったが、聞いていると結構ためになった。

「それにな……」と、玄関番のじいさんはかすみのかかった目でこっちを見ながら続けた。「なんせ、ここは由緒ある土地やからな。もう昔やけど、テンチュウ……が来よったからな」

声は大きいが、ほとんど歯がないじいさんの言葉は聞き取りにくかった。「テンチュウ」の後に何かまだ音がつづいたようだったが、何のことだかまるでわからなかった。じいさんの歳は六十と百のあいだぐらいだったから、言葉がふがふがするのは仕方のないことだろう。そのあと、話が際限なく長くなりそうだったので、ぼくは適当にその場を切り上げたけれど……。

玄関にもどってくると、ぼくの姿を探していたらしい中道警部補が、とがめるように声をかけてきた。

「どこへ行っとったんや」

「玄関番のじいさんの話を聞いてたんだけど、これが面白くて……」とぼくはいった。

「それより村の関係者が待っとるんや。早いとこ、顔合わせをしよや。アンダーソン氏を呼んできてくれるか」

中道はこういって、ろくすっぽ人のいうことを聞かず忙しそうに向こうへ行ってしまった。村の関係者との顔合わせか。長い間馬に乗ってきたのだから、少しぐらい休憩にしてくれればいいのに、中道はそんな配慮もせず、どんどん物事を進めようとしていた。宿に到着したらすぐに動物捕獲の打ち合わせに入るということも、多分、県庁の外事課長と中道のあいだで決めてあるのだろう。

2

仕方がないので、いわれたとおりアンダーソンを呼びに行って階下へ連れてきた。そこに市松巡査が待っていて、ぼくたちをすぐに大広間へ案内した。畳をだだっ広く敷いた部屋に、もう十人ぐらい村人が集まっていた。そして探検隊の一行が正面の席につくのを待っていたように、宿の女将《おかみ》と見える大柄な女の人が着物のすそを長く引きながら何カ所かの置きランプに火を入れて歩いた。ランプの虹色をした光が部屋中にひろがる。途端に立て回した金屏風がぴかぴかと輝いて、紀伊半島における野生動物捕獲作戦会議にふさわしい厳粛な雰囲気が生まれてきた。思い思いに座っていた村人たちも、いつのまにかきちんと座り直している。

中道が立って一礼した。

「皆さん、今日はお忙しい中をご参集いただいて恐縮です。今回、英国の探検家が日本のいろんな野獣を捕獲したいということで、当村にお越しになられました。ご一同もその趣旨は役場からの連絡ですでにご存じやと思いますが、なにぶんこれは日英同盟にかかわる問題でありますので、ひとつ落ち度のないようご協力をお願いする次第でありま す。――ではまず、アジア動物学探検隊のアンダーソン氏に来村の挨拶をしてもらいますわ」

警部補がこう言いおわってこっちへ合図をしたので、ぼくはアンダーソンに、村の関係者がスピーチを待っていると取り次いだ。

「オーライ」といって立ち上がったアンダーソンはすぐには口をひらかず、怖いもの見たさみたいな表情で自分のほうを見ている村人たち一人ひとりを見渡していたが、やがてこういった。

「ハンターはどの人ですか。――手をあげてみて」

挨拶にしては型破りだ。ぼくはちょっとまごついたが、ともかくそのことを皆に伝えた。村人たちはそれを聞いて、一体何だべやというように互いに顔を見合わせていたが、そのうちに後ろの方で、のろのろと三つの手があがった。

ついでにいっておくと、人々は大広間にてんでに好きなところに座っているように見えたが、実はこの村での地位の序列にしたがって座を占めていることが、この時までにぼくの目にも明らかになっていた。――紋付き羽織袴で一番前にいる人物は、その落ち着きのある態度で鷲家口の戸長だとわかる。そのすぐ後ろに控える羽織着用の男たちは、先ほどの玄関番のじいさんの話にあった山林業で大儲けしているという旦那衆に違いない。その後ろにつづくのは旦那衆のお供と思われる人たちで、先ほどランプに火を入れたこの宿の女将がいつの間にかその近くに座っていた。それからどういうわけか、竹ぼうきで庭の落ち葉を掃きにきていたあの玄関番のじいさんまでが女将の横にぴったり寄り添っていることに、この時になってぼくは気づいた。そして、これらの人たちの背後に三人の猟師が窮屈そうに正座して、ためらいがちに手をあげているのだった。

「ＯＫ」とアンダーソンがいった。「ハンターに一人ずつ、名前と得意な猟をいってもらってくれ」

その要請によって、猟師が一人ずつ自己紹介をすることになった。最初に立ったのは、肩幅のひろい年かさの猟師で、いが栗みたいな髭面の口をひらいて、

「命知らずの伝次郎といいますわ。みんなは、熊狩りなら伝次郎に任せとけというてくれよるわな」といって、ちょっと誇るように胸を張ってみせてから座った。こういわれてぼくは、伝次郎が熊狩り猟師にふさわしい熊の毛皮の胴着を着ていることに気がついた。ついでにいうと、あとの二人の猟師も、熊ではなさそうだが同じような造りの毛皮の胴着を着ていた。

つづいて立った頬骨の高い痩せた体つきをした猟師は、「猪でも鹿でも、虎挟《とらばさ》みや落とし穴で捕るよって、仕掛けの多十といいうねん」ぼそぼそと無表情にそれだけいって座った。

トラバサミという言葉を聞いたとき、ぼくは〈知っているぞ〉と思った。ばあちゃんの知り合いの猟師から、鳥や獣を獲る仕掛けについていろいろ教えてもらった日のことが記憶によみがえってきた。チビだったぼくは仕掛けの面白さに夢中になりながらも、残酷なトラバサミにだけはどうしてもなじめなかった。同じ仕掛けでも、ククリと呼ばれている括《くく》り罠などは、馬のしっぽの毛や麻縄でつくった輪が、立ち木に結び付けた仕掛けに触れた獣の頸や脚をくくるだけのものだが、トラバサミはそんななまやさしいものではないのだ。こちらは獣がバネ仕掛けの板を踏むと同時に、ギザギザのついた二枚の重い鉄製の歯型が、獲物の脚に跳びついてがっちりくわえこんでしまう。骨折するか大出血をするか、いずれにせよこいつに捕まったらもう終わりだ。

この色の黒い猟師は今みたいに無表情のまま、そんな残酷なやり方で獲物をとっているのかと思って、ぼくはふとこの男が憎らしい気がした。

だがぼくがそんな感想を抱いているあいだに、アンダーソンにうながされて、三人目の猟師が立ち上がっていた。それはずんぐりとでかい身体をした若者で、

「うちは代々、聴き耳でなあ。亡《の》うなった親父の跡を継いで、今では自分が五代目耳助ですのや――」という。

その通りだというように村人たちはうなずいてみせているが、ぼくには「聴き耳」というのが何のことかわからなかった。その不審な顔に気がついたらしく、

「これはちぃと、町のお人にはわからんことやろうな」

一番前に座っている紋付き羽織袴の男が、扇子をもった手を軽くあげながら口を開いた。

「まだご挨拶しておりまへなんだが、私はこの鷲家口の戸長、前川紀右衛門でございます。……この耳助の家に生まれる男たちは皆、一町先に落ちた針の音さえ聞き逃さぬ、なみはずれたええ耳を持っておりますんや。そやから猟師にはもってこいでしてな、山の中で獣がどないに息をひそめておろうとも、その居場所をぴたりぴたりと聴き分けて、鉄砲で狙い撃ちでける。……聴き耳というのは、そういう者に付いた名でござります」

まったく世の中は、どこにどんな特技をもった人物がいるか知れたものではない。ただぼんやりしているとしか見えないこの若者がそんな特技のある凄腕だと知って、ぼくは舌を巻いた。だが、通訳としてはただ感心ばかりしていられないので、ぼくはさっそくこの若い猟師のすぐれた能力をアンダーソンに伝えた。

「すばらしい。……日本の秘境には、きっとそういう神秘的な人物がいると思っていたよ」

アンダーソンはうれしそうに白い歯を見せてから、「カナイ、頼もしい彼らにいってくれ。――明日から山に入って、あらゆる種類の哺乳類を獲ってきてほしいと。同じ種類のものは何匹も必要ではない。そうではなく、できるだけいろんな種類を集めてほしいのだ。良いものさえ持ってくれれば、すぐ現金で高く買い取るといってくれたまえ」

いよいよ狩猟開始をひかえ、アンダーソンの気分が高揚しつつあることが言葉のはしばしからうかがえた。そしてその言葉に高揚したのは村人たちのほうも同じだった。「獲物は現金で高く買い取る」とぼくが伝えた瞬間、言葉にならないどよめきが大広間にひろがったのだ。こうした反応に手ごたえを感じたアンダーソンは話を一歩進めた。

「ハンター諸君よ、君たちは獲物をとってこれまでいくらの金を稼いできた？　イノシシ一頭当たり一円五十銭か？　二円か？」

そうだといいが、そこまでの値はつかないなあ……。そんな感じで三人の猟師が顔を見合わせている。すると、アンダーソン氏は声を大にしてこんな切り札を出した。

「われわれは、協力者に特別の報酬を払う用意がある。――いいかね、君たちがとびきり立派な獲物を持ってきさえすれば、それがカモシカでもイノシシでも、大型獣なら一頭につき三円、イタチやムササビのような小型獣ならその半額を支払おう。まあ、ネズミのようなものはもっと安いがね」

「えっ、ほんまか……おおきに！」感激のあまり叫んだのは、耳助という若い猟師のようだ。その隣で熊狩りの伝次郎が、「なんと三円かいな。こりゃあ気張って猟をせにゃならんで」と、大きな地声で自分にいい聞かせている。トラバサミの多十だけは陰気に黙りこんで、本当かと疑うような目をこちらに向けていた。

「――買い取る期間は、明日から十日間だ。ハンター諸君の働きに期待している」

アンダーソンは最後にこう力強く宣言して、自分の話を終わった。

もうこれで連絡会は終了したと思ったアンダーソン氏は席を立とうとしたが、この後にまだ日本風のしきたりが残っていた。つまり賓客をもてなす歓迎の宴会である。女将の指図で、抱月楼の使用人たちが、すでに用意してあった脚付きのお膳を次々と座敷に運びこんできて、一座の人たちがコの字型に向かい合うように手際よく並べた。それから村人がそれぞれのお膳の前に移動してかしこまったところで、戸長の前川紀右衛門が四角張って挨拶をした。

「このたび、はるばるイギリスからの探検隊様をお迎えし、お手伝いを申しつかりましたることは、この鷲家口の村民一同の末代までの語りぐさでござりまする。山の中のこととて、なんの珍しいものもござりませんが、当館主人の精出《だ》いてのもてなしですよってに、今宵はどうぞごゆるりとお過ごし下されませ……」

戸長はなんの珍しいものもござりませんといったが、ぼくのひざの前に並べられた一の膳と二の膳には、イワナの塩焼きに鮎の甘露煮、鯉の洗い、鹿肉の焙《あぶ》ったの、蓮根や甘藷のてんぷら、高野豆腐の煮物、胡麻豆腐、山芋のとろろ、栗きんとんといったものが、お膳から落ちそうなほど豪勢に並んでいた。

「さあ、どうぞお召し上がりを……」ぼくたちに勧めておいて紀右衛門は、

「……のう、抱月楼はん、これはよう気張んなはった。冬枯れの時期やさけ、こんだけのもん造るんは、たいがい回りになんじゅうしたことやろのう（きっと支度が大変だっただろう）」

抱月楼の主人に労をねぎらうように声をかけた。地元の人同士の会話は全部土地の言葉になるから、よほど勘を働かせないと意味をとらえることがむずかしい。

ぼくは、「抱月楼はん」と呼ばれたこの宿の主人がどこにいるのかと思って紀右衛門の視線の先を見たが、それらしい人物は見当たらず、末席に連なっている玄関番のじいさんと目が合った。この村では玄関番までが宴会に出るしきたりなのかと思ったとき、

「どうせ田舎料理や、たいしたことはでけへん。この土地らしい料理いうたら、めこす、

り、、、なますぐらいのもんやろけど、江戸のお方の口には合わんやろうでやめときなはれと女将がいうよって、造らへんかったのぞ」と、そのじいさんが度外れた大声でいった。

紀右衛門が笑い出し、話を聞いていた村人たちも吹き出した。

「そりゃ、やめといてよかったんと違うか」「町方の人は魚の膾《なます》は好きやろけど、めこすりなますはなァ……」

そんな声がにぎやかに飛び交った。

魚の膾というのは魚の身を細かく刻み、同じように繊切りにした大根、にんじんと交ぜて酢の物にした食べ物だ。大体年寄りが喜びそうな料理だから、ぼくはそんな膾なんてものは出してもらわなくていいけれども、どうして村の人たちがその「めこすりなます」というものを話題にして大笑いするのか、ぼくにはわからなかった。だが別に興味をもつほどの気持ちも湧いてこない。なにしろ、ひまな大人というものはどうでもいいことを話題にして時間つぶしをするぐらいしか楽しみがないのだから、そんなのにいちいち付き合う気にならなくても当然だろう。

それより玄関番だと思い込んでいた干し柿みたいなじいさんが、どうやら抱月楼の主人らしいので、ぼくは意外の感に打たれてしまった。「水を一杯恵んで下され」といって農家に立ち寄った貧乏くさい旅の坊さんがじつは弘法大師で、農家の人があとでびっくり仰天したという伝説があちこちの土地に残っているが、ぼくの驚きもそれに近かった。そこでもう一度つくづくとじいさんに視線を送っていると、じいさんのほうでもその気配を感じたのか頭をめぐらして、茫洋《ぼうよう》としてどこを見ているのかわからない目付きでじっとぼくの顔を見た。

宴会が始まると、村人たちは戸長を先頭に一人ずつアンダーソン氏の前にやってきて丁寧にお辞儀をした。イギリスから訪れた偉いお客にお酌をして、それからお流れをいただこうというのだ。こういう盃のやりとりは日本では親密さの表現として誰でもやっていることだけれども、ことによったら外国人には伝染病のばい菌を媒介しあう奇妙な風習としか見えないのかも知れない。というのは、アンダーソンがこれまでにない気難しい顔になって、酒をつがれることを断ったからである。

「ノー」と、アンダーソンはことさらに明瞭な発音でいった。「私は酒を飲まない。君たちだけで楽しんでくれ――」

いいながらじっと相手を見つめる青い瞳が、何だかムキになっているように見えた。断られた戸長の紀右衛門が戸惑うのを見て、中道警部補が助け舟を出した。

「探検隊長はんは下戸やそうな。助手殿も前途有望な高等学校の学生さんやから、頭を悪うする酒みたいなもんは飲まんやろ。ほんなら今日だけ、自分が探検隊長代理を務めさしてもらうわ。……アンダーソン氏への盃はなんぼでもわしが受けるで！　ええか？」

このひとことで白けかけた座が、わっと沸いた。それからさっそく無礼講がはじまり、中道を中心にみんなが盃の応酬をしたり、大声でしゃべったり、座敷の真ん中に出て品のない踊りをおどったりしはじめた。踊りに合わせて女将が三味線でじゃんじゃん景気をつけ、とても深い森の中にいるとは思えないような騒ぎになった。ただ三人の猟師だけはそうした騒ぎに加わろうとせず、顔を寄せて何事かひそひそ話しながら、茶碗に注ぎあった酒を喉に流し込んでいた。

アンダーソンは自分をそっちのけにして始められた宴会には目もくれずに馴れない箸を使っていたが、やがて、「カナイ、部屋へもどって明日の準備をしておこう」といって立ち上がった。ぼくは、「はい」と答えて立つついでに、隣で機嫌よさそうに飲んでいる中道警部補に目をやった。一体どれだけたくさんの盃を受けたのか、顔がもう赤鬼みたいに真っ赤になっていた。その向こうでは若い市松巡査までが、山林業の旦那につかまって、無理やり酒を注がれている――。これで二人の護衛官が、一晩中泥のように眠りこけることはもう疑う余地がなかった。まったくの話、アンダーソン氏を無法な暴力から守らなければいけない立場の護衛がこんなありさまでいいのだろうか。ぼくはアンダーソンについて二階へ行きながらつくづく深いため息をついた。

3

翌朝になると、抱月楼は人影もなく閑散と静まり返っている。昨夜のあの騒ぎが嘘のようだった。

この日の午前中、アンダーソン氏とぼくは、日の当たる一階の縁側を仕事場にして、探検隊に届いていた高さが人の背丈ほどもある木箱を開ける作業にかかりきりになった。打ち付けてある釘をや、っ、と、こ、で引き抜き、ひとつずつ木の蓋をはずしていく。それらの箱から出てきたのは、見たこともない珍しい異国の品ばかりであった。夕涼みにみんなが腰をおろしたり寝そべったりする縁台は、日本では杉板でごく簡単にこしらえてあるけれども、脚の付いた形はそれとそっくりなのに、ひどく固い木材を使って隙間のないほど念入りに仕上げた西洋縁台があるかと思えば、広げると畳三枚分もあるゴム引きの布があったし、また別の箱からは、色のついた薬液を入れた一〇リットル容量の大硝子壜《ガラスびん》がいくつも出てくるというぐあいだった。

中でも目を奪われたのは、琥珀色に塗られた美しい五段の引出し箪笥《たんす》が現れた瞬間で、アンダーソンが引出しを一段ずつ抜き出して点検しはじめたのをのぞいて、ぼくは息を呑んだ。中は純白の布張りで、一つひとつ収めるものの形を窪みにするという凝った造りになっており、そこにさまざまな種類の刃物が収まっていた。ちょっと目についただけでも頑丈な鉈《なた》や鋸《のこぎり》や包丁があったし、また別の引出しには外科医が使うようなメスとハサミが並んでいた。

〈……一体これは何だろう〉とぼくは好奇心にかられてまじまじと見つめたが、〈そうか。……獣を捕獲するときに怪我人が出ることもある。これはきっと、そんな時アンダーソン氏が怪我人の手術をする道具なんだ〉と思った。そしてこんなものまで用意して探検隊を送り込んでくるイギリスという国のふところの広さに舌を巻く思いがした。ぼくがうっかり刃物に指を伸ばしかけると、

「気をつけろ！」とアンダーソンが叱るようにいった。「よく切れるぞ。——君がケガをしたら大変だ。これを使うときは、使い方を教えて君にも手伝ってもらうつもりだから」そういって、アンダーソンは長い腕をのばしぼくの肩をたたいた。

この日、三人の猟師はまだ暗いうちに起き出して、松明《たいまつ》の火の粉を散らしながら山へ入っていったそうだ。ぼくは鋭く光る刃物を見ながら、熊や狼を捕るということの難しさや恐ろしさが、そくそくと身に迫るのを感じた。

それからしばらく仕事に没頭していると、ふすまを開けて中道警部補が入ってきた。梱包材が散らばる部屋を見ながら、

「準備が進んでるようやな。いつ動物が来てもええ、準備万端おこたりなし、いうところやな」

気楽な口ぶりで話しかけてきた。だが昨夜の酔っぱらいが顔を洗って出直してきたにしても、そう簡単にこちらの気分は変えられないから、ぼくは荷物を開ける作業がいそがしくて聞こえなかったふりをした。昨夜抱月楼へ鬼寅が来なかったのは、本当に運がよかったというしかない危ない綱渡りだったのだから。

「山へ入った猟師衆は、明日の夕方、最初の獲物を運んでくるらしいで。そのあと捕れ

るだけ捕って三度か四度運ぶというてたわ。……どんなんが来るか、楽しみやな」中道は縁側に腰をおろし、ひなたぼっこの形に入りながらそういった。

ぼくは当分中道警部補と口をきかないつもりだったけれども、こう知らされては黙っているわけにいかなくなった。

「明日運んでくるって……そんなにすぐ捕れるんだろうか」

仕事の手をとめて中道の顔を見返すと、

「猟師衆は、なかなか計画的に考えてるな。……ここへ来るとき、滝みたいな勢いの川があったやろ。あの川沿いに一里ほど山坂を登ると、国見山の尾根に出るよ。猟師衆は、最初の猟場をそのあたりに定めているらしい。……そこで猟をして獲物を届けてから、次は尾根伝いに南へ移動して次の猟や。……そのあともう一度、なんやらいうごつい山に張り付いて、じっくりねばるいう話やったで。……なにしろ獲物一頭に三円もらえるんや。十日間の勝負や。猟師の衆も本気になるわなあ」

警部補の話し方は、このあたりの山の地理がよく頭に入っているだけでなく、猟師の行動まで十分に読み取っているようであった。――ぼくは昨夜の宴会で頭を寄せ合うようにひそひそと話し合っていた三人の猟師の姿を思い出した。そうか、彼らはああして十日間

どう獲物をとるかを熱心に相談していたんだと思いあたったとき、

「昨夜な、あんたら早々と部屋へ引き上げてしまったやろ。そやからその後で、猟師の衆がどんな具合にやるつもりか、ちょっと聞いといたわけよ。……こういうことは、あんたも知っといたほうがええやろ」

中道は、よく光る目の隅にぼくをとらえているくせに、そっぽを向いたままつまらなそうな口ぶりでいった。

とたんに、ぼくの心臓がどきんと不本意な音を立てた。かっと顔に血までのぼってきた。――たしかに昨夜、アンダーソン氏と猟師との値段の交渉は成立していた。ぼくは通訳としてそこで働いた。だが仕事はそこまでで、猟師がどうやって獲物をとり、それをいつ持ってくるのかということをぼくはまるで気にしていなかった。つまりアンダーソン氏にいわれないことは何もやっていないということなんだ。でも言葉の壁がある日本人を相手にして、アンダーソン氏がいいたいことの半分も伝えられずもどかしい思いをしているのではないかと察すれば、有能な探検隊助手なら当然、いわれなくてもそれくらいの気は利かせるだろうということなんだ。中道警部補は「ちょっと聞いといた」といったけれど、これは気の利かない助手を見るに見かねて「聞いておいてやった」に違いなかった。そのことが中道の今の言い方から電気が走るように伝わってきて、ぼくはドジな自分に屈辱を感じ、赤面した。

　飲んだくれの警部補にこっちの至らなさを補われてしまったことは悔しかったが、しかし、やっぱり感謝は感謝として一言伝えなければいけないだろう。だからぼくは平静を装って何かいおうとしたのだが、うまく言葉が出てこなかった。仕方がないので、ぼくはそっぽを向いている警部補のほうへ黙ってお辞儀をした。

「さて、と――」中道は自分に気合をかけて立ち上がった。「わしも暇そうにひなたぼっこしとるわけにもいかんな。ちょっといんで（行って）くるわ」

　どこかへ行くあてがあるのか、そういって、うなり声とともにバンザイの形をして思いきり伸びをした。それから、その形のまま「そうそう……」といってこちらを見た。

「探検隊が東京と連絡をとる場合は、自由にこの宿の電話機を使用して下さい。村には電話機が二台あって、番号は戸長の前川家のが鷲家口の一番、抱月楼のが鷲家口の二番になっておるから、交換台へは二番からというて申し込んで下さい」

　護衛官の立場に気づいたのか、中道の言葉がこの時だけ丁寧になっていた。

4

翌日は冷たい雨が激しく降った。二階から見ていると、猟師が出かけた国見山やその隣の大台ケ原山の上空は真っ暗で、その厚い雲の中で稲妻が光っていた。

「カナイ、悪い天気になってしまった。ハンターが仕事できるか心配だ」

アンダーソンがぼくの後ろに来て、寒そうな空を仰いだ。

「だいじょうぶですよ。猟師たちは山なんか自分の庭としか思っていないでしょう。狼や猪がどこに隠れていたって、すぐ見つけますよ」

ぼくはこういってアンダーソンの心配を吹き飛ばしてやった。

人がくよくよしていると、安心させたいのがぼくの性分なんだ。といっても、ぼくの説には何の根拠もなく、こういうところが鶴見がいうぼくのずぼらさなんだが、でも、物事の結末がわからないうちから悲観するのは馬鹿げている。それに、そうなりますようにと念じていれば本当にそうなるものだと、ばあちゃんが教えてくれたんだ。猟師が今日最初の獲物を運んでくるといったんだから、本当に運んでくるのだろう。

　ぼくは自分でもそう信じるために、豪雨の中の猟場へ思いを走らせた。――肩幅の広い伝次郎、痩せた多十、ずんぐりした耳助の三人が、雨除けの頭巾をかぶり、火縄銃を提げ、山に踏み込んでいくところを想像したのだ。あたりには雷鳴がとどろき、稲妻がかけめぐっている。その閃光が指し示す茂みに、一頭の野獣が見えた。多分、狼だ。ぼくは生々しくそう感じた。空想と現実の境界を簡単にまたいでしまうことにかけては、ぼくは天才的だからね。

　その野獣は猟師にねらわれたと知って、絶望的に毛を逆立て、死に物狂いの闘いを挑もうとしていた。本当にそれが見えた。風雨が木々の葉に吹きつけ、牙をむいた野獣の目が青白く光るところまで――。

　どきんと心臓が音を立てた。――何といったらいいか、自分がその切羽詰まった獣になったような、思いがけない戦慄だった。

　ぼくはもう少しで、「わあ！」と叫ぶところだった。

「どうしたのか、カナイ？」とアンダーソンに訊かれてしまったから、よほど挙動が不審だったのだろう。でも、そんなことを気にする余裕もなく、ぼくは、〈こんなスゴい勝負が見られるのなら、猟師と一緒に山へ行けばよかった…〉と思った。

山がぼくを呼んだのだ。この瞬間、山の荒ぶる神がぼくに取り憑《つ》き、眠っていたぼくの野性を呼び醒まして火をつけたとしか思えない。

すぐに猟場の山へ駆けつけたかった。しかしいくらぼくが無分別でも、それが無理だということはわかっていた。今から行ったのでは、途中で日が暮れてしまうだろう。土地勘のない山の中で、飢えた狼の群れに囲まれ、十九歳の生涯を終わることになったら泣いても泣ききれないじゃないか。だから結局、じれったくても、三人の猟師がもどるのを待つしかなかったのだ。

午後になってようやく青空が見えてきたころ、階下に抱月楼の人々の声が走った。

「伝次郎はんたちが、山から戻ったで！」

それを聞いた途端、ぼくは脱兎のように廊下にとびだし、階段を一足飛びの勢いで駆け降りた。けれどぼくだけではない。宿の主人である干し柿じいさんも、大柄な女将も、何人かの使用人も、皆いっせいに玄関へ走っていた。アンダーソンも、中道警部補、市丸巡査も出てきた。こうして総出で見守る人々の前へ、蓑《みの》笠をつけた伝次郎、多十、耳助の三人が、大きな音を立てる大八車を引いて現れた。荷台には期待どおりの獲物が山積みになっており、早くもそれを取り巻いて村人たちがわいわいいっている。

じいさんの指示で大八車ががらがらと庭へ引き込まれた。庭といっても、空き地みたいな例の庭なんだが、そこへ村人を含めて三十人ほどの人数がお祭り騒ぎでつめかけたんだ。それから猟師と村人たちは協力して、手際よく獲物を荷台から地面へ下ろしていった。

中でも目を引く獲物は若いカモシカだった。生きているような黒い目を見ていると、いきなり横たわっている身体を起こしてこの場から逃げ去っていきそうだった。

そのほかにタヌキ、ウサギ、猿、イタチ、ムササビ、モモンガがいた。

「さすが鷲家口の猟師や、よう捕ったな」とじいさんが褒《ほ》め、その場にいる全員がにぎやかに賛成の意を表した。

「悪天候の中でこれだけの動物を仕留めるのは、腕のいいハンターでなければできないだろう。……カナイ、われわれはよいスタートをした」

正面の縁側に腰をおろして検分したアンダーソンがいう。いつもどおり冷酷に近い冷静な表情だが、顔に感情を表さなくても、内心とても喜んでいることが、ぼくにはもうわかるようになっていた。

「そうですね、アンダーソンさん……」と答えはしたが、ぼくは他の人たちのように無邪気に手を拍《う》って喜ぶ気にはなれなかった。獲物を見たら興奮するだろうと思っていた気持ちが、浮き立つどころか、逆に沈んでいったのだ。

なぜだ、とぼくは混乱した。猟師たちはさっそくアンダーソンを囲んで勘定の話を始めていた。多十が、「ほな、約束の値ェで買い取ってもらいすでぇ（ますよ）」といい、耳助が「大けな獣は一つに付き三円、ちっこい獣は一円五十銭ずつとして……」と数え出した。そのときになってぼくは、急に気持ちが沈んだ原因に思いあたっていた。

猟師と野獣との闘いでは、獣が負ければイギリス探検隊の獲物になり、猟師が負ければ傷ついてアンダーソン氏の手術を受けることになる――とばかり思っていた。だが、それは単純なぼくの思い込みに過ぎなかったのである。

猟師に仕留められた動物たちを眺め、そこには人に歯向かう動物がただの一匹もいないことに気づいて、ぼくは呆然とした。ここにいるのは、どれもこれも人間に一方的に狩りたてられた、おとなしい哺乳類ばかりではないか。せめてこの中に牙をむいて立ち向かうことのできる野獣が一頭でも交じっていれば、こんな気持ちにはならなかったのだろうが。

「アンダーソンさん、狼がいませんね。――熊もいないし、猪もいない」

ぼくはいった。その声は、自分でも思いがけないことに、むかっ腹をたてている人のような乱暴な調子になってしまった。しかし、それを受けてアンダーソンは大きくうなずき、部下に文句をいわせないボスのように厳しい調子で命令した。

「その通り、何よりも狼が必要だ。次の猟では必ず狼を捕らなければならん。ハンターたちにそう伝えてくれたまえ」

その時、ぼくはぼくで狼のことを考え、アンダーソンはアンダーソンで狼のことを考えていた。二人の気持ちは微妙にすれ違っていたのだが。

ともかく、アンダーソンがたくさんの紙幣を三人の猟師に渡して今日の勘定をすませたとき、ぼくはアンダーソンの意向を彼らに伝えた。いいながら、今度猟師が山へ行くときは、ぼくも絶対一緒に行くぞと心に誓った。狼と人間との死闘を目撃しなければ、ここまで来た意味がないじゃないか。ところが、

「アンダーソンさんは、次は必ず狼を持ってきてほしいといっています。なるべく強そうな、大きいやつを頼みますよ」

ぼくが自分の願望もこめてこういったとたん、

「何やて！」と伝次郎が地声を倍にして叫んだ。

「狼を捕ってこいいうんか！」

「あほな！」

多十と耳助も叫び声を合わせ、三人とも目の玉が飛び出すんじゃないかと思うほど大きく見開いた目でこっちを見た。猟師ばかりでなく、ぼくのいったことを耳にした旅館の人たちや村人たちも、それまでのおしゃべりや動きをぴたりと止め、何だか庭全体が一瞬にして凍りついたみたいだった。

5

猟師が狼を捕るのは当たり前ではないか。

それなのに、何か大変なことでもいわれたように、みんなが身体を固くするのはどう考えてもヘンだった。ぼくはどういうわけか聞こうとした。ところが、

「まァまァ、それはわしから説明するから……」

人垣のうしろから中道警部補が顔を出して、ぼくにともつかず、皆にともつかず、その場を収めるようないい方をした。その一言を聞いた猟師と村人たちは、まだすっきりしな

いまま、ぞろぞろ引き上げはじめ、抱月楼の人たちも家の中へ引っ込んでいった。

ぼくたちだけになってから、

「ヘンだと思うやろけど、この土地では、狼は捕ったらあかんねん」

中道が上目使いにぼくを見ながら、妙なことを口にした。

「えっ……どうして？」ぼくはポカンとした。

「桜井の旅館の部屋から三輪山を見たやろ。あの山を祀るオオミワ神社は日本で一番古い神社なんやが、その神様の眷属《けんぞく》として、狼はこのあたりの人間から崇《あが》められておるんや。大きな口していなはるから、オオクチノカミとかオオカミとか呼ばれたんや。……わかるか？　狼は神様だから、だれも手ェを出すわけにはいかんのやで」

「ふーん、大きい口をした神か」と、ぼくはうなった。うなるしかなかったのである。意外ではあっても、これはこれでぼくにはよくわかる話だった。子供のころからばあちゃんに、山にも川にも、木にも石にも、カマドにもセッチンにも、それぞれ神さまがいるぞと聞かされてきたぼくとしては――。

京都伏見稲荷を初めとする全国のお稲荷さんでは狐が神さまの一族だし、奈良春日大社では鹿が、日光東照宮では猿が……というぐあいに、神聖視し、間違っても傷つけたり殺したりしてはならないとされる動物はたしかにどこにでも存在するのだ。

「何せ奈良は古いしきたりを大切にする土地やからな、今でも狼に手ェを出したらあかんことになっとるねん」

中道はさらにそういいかけたが、日本語がわからないなりに眉間にしわを寄せて、頭上でぼくたちの話を聞いている背高のっぽのアンダーソンに気づいて、

「ま、中へ入ろやないか。寒なってきたわ」と、先に立って縁側から上がっていった。

階下の廊下を行くと、護衛官たちの部屋には、ふかふかの布団をかけた炬燵《こたつ》が置いてあった。外からもどった中道がさっそくもぐり込んで、うれしそうな顔になるのをぼくは見逃さなかった。市丸巡査も遠慮がちにではあるが続いて炬燵に入っている。

「ここはいいな、暖かそうで……。二階の部屋には火鉢しかありませんよ」ぼくは多少の抗議をこめ、敷居ぎわに立ったままそういった。

「宿へ言うたらええよ。すぐに用意してくれるがな」

中道はななめにこちらを見上げて、何だかだらしない声で返事をした。アンダーソン氏の護衛係だったら、自分たちのことより賓客の炬燵を用意させるほうが先じゃないか。そう思ったが、つまらないことでいい争っても仕方がないので、ぼくはそのまま階上へ行こ

うとした。

「まあ、ちょっと入ってんか。まだ話が残ってるがな、大事な話が……」中道は掛け布団の端をちょっと持ち上げて、ぼくを誘った。いわれてみると、たしかに大事な話が残っていた。

アンダーソンは自分の部屋へ行くというので、ぼくだけが護衛官たちの部屋にしばらくいることにした。

「アンダーソン氏は、えらく狼を欲しがっとるが、到底それは叶わんで。……どうしても欲しいいうんなら、奈良から離れたところへ場所を変えるしかないなァ」

警部補は市丸巡査がいれた熱い茶を吹きながら、話をきりだした。

「そういうけど、ほかでは狼が捕れなかったものだから、アンダーソン氏は今度こそといって、この土地に賭けていますよ。絶対ここには狼がいると、鋭い勘がはたらいているらしい。――それに場所を変えるといってもね、あと十日したら東京へ戻って船で帰国する予定ががっちり決まっているから、いまさらほかへ移ることは不可能だし……」

いいながら、本当にアンダーソン氏はあれほど熱望する狼を入手できないまま、空しく日本を離れるのだろうかと思った。ぼくにしても、狼と猟師ならいい勝負で、見ていて最後までドキドキさせられるに違いないのに、この土地では昔から、人が狼に手を出すことがないというのではガッカリだ。弱い哺乳類ばかり獲る探検隊にはまったく栄光の影もなかった。

「そこでだ……」と、中道がいった。声が強く、目が光っている。何かよくないことをいい出しそうな予感がした。「オオミワ神社にお参りするこのあたりの人間は、たとえ猟師であっても、決して狼の血ィを流そうとはせえへん。したがってアンダーソン氏は狼を手に入れることはありえない――。こういうことをやっぱり、あんたはアンダーソン氏に話すのだろうね」

中道警部補が何をいおうとしているのか、見当がつかなかった。だが、ぼくが探検隊の助手である以上、自分の知った重要な事実をアンダーソン氏に話すのは当然だろう。ぼくがそう思ったのを警部補はすぐ表情から読み取ったらしく、

「そうか、……そうやろな」とつぶやいた。それから、

「しかしマズいな。……なァ市丸、それはマズいんと違うか」と、話を市丸巡査に振った。

「ハイ、マズいです、それはマズいです」市丸はあわてて目を泳がせながら上司の言葉

に賛成した。ぼくは二人が何をいっているのかまるでわからなかった。

　そのまま中道が黙ってしまったので、ぼくは仕方なく、「アンダーソン氏に話すと一体、何がマズいのですか」と訊いた。

「何でもないことだと思うかも知れんが――」中道はことさら低い声で、「これは、ヘタをすると日英の国交にヒビが入るおそれがあるよ」

　日英の国交にヒビが入る！　とんでもない大きなことを中道警部補はいった。ぼくは大嘘つきを見るような目付きをしたかも知れない。

「ええか、よう聞いてや。猟師が絶対に狼を捕らんと知ったら、アンダーソン氏はどうすると思う？　そういうわけならしょうがないといって了承してくれるか？　そうならええよ。そやけど多分、そうはいわんだろな。はるばるイギリスから来た以上はどうしても狼を持って帰るというて、そこで特権の発動や。日本政府に連絡して、狼狩りに全面協力するよう、村に対して命令を出させるにきまってるわ。そしたら、狼に手ェを出したらあかんという村の衆の信仰はどうなる？　神様には逆らえんのに、逆らってでも狼狩りをせな、今度はお上に背いた罪で罰せられるしな。村は苦しい板挟みに追い込まれるで。そんなことになったら、こんな無理難題を押しつける張本人はあの異人や、憎い奴やと、村の衆は恨むやないか。もし短気な者がアンダーソン氏に手ェでも出すとか、血ィが流れるとかしたら、これまたおおごとだ。日英の国交にヒビが入るというのはおおげさでも何でもないで」

中道はそれだけを一気に述べ立てて、じっとぼくの反応を待った。

あまりにも話のスケールが大きいので、言葉が脳に伝わるまで少し時間がかかった。それからぼくは、中道警部補がいったことをそのとおりだと思った。

たしかに、アンダーソンは狼狩りを断念しないだろう。そうなれば村人は大変だ。もし自分が逆の立場だったら、神とあがめてきたものを他人に殺せといわれて殺すことができるだろうか？　そう考えてみて、ぞっとした。ぼくたちが神様に守ってもらえるのは、人間の分際を守り、神に失礼のないように気をつけて暮らしているからだ。その境界を土足で踏みにじればどうなるか。そんなことは考えるだけでも天罰が下りそうな恐れ多いことであった。だから、これが日本人同士なら、どんな悪いやつでもそんな目茶苦茶な要求をすることはありえないのだが、外国人にはそれがどんなに重大な非道かわかっていないのだから。……

知らず知らず、ぼくは深刻な顔になっていたらしい。

「どうや、対応を誤るとエライことになるで」ぼくの反応を確かめた中道が声をかけてきた。

「しかし、どうしたら……」

「そうだな。——こうなったら解決策は一つしかないな、村の衆に無理やり狼狩りをさせずにすむ方法は」

「そんな解決策があるんですか」柳の枝に跳びつく蛙みたいに、ぼくは中道のことばに跳びついた。

「あるよ。……アンダーソン氏は猟師が狼を捕ると思っているのだから、そう思わせとけばええやないか。知らぬが仏や」

「思わせておく……」

おうむ返しにいうと、

「だから、ここの猟師は狼には手ェを出さん、とか、余計なことをいわんといたらえええねん。そしたら契約期間の十日間ぐらいすぐ過ぎてしまうよ。……ま、問題は、探検隊助手のあんたがアンダーソン氏にそのことをいうかどうかだが」

中道警部補の強い目の光が、ぼくの瞳孔にまともに射し込んできた。

6

冬休みになる前、ぼくは哲学の授業で「ニヒツ」というドイツ語を覚えた。何もないがらんどうの空虚という意味だ。学期末の試験には、人間に意識や感覚がなければこの世はニヒツか否かという問題が出た。

どうして哲学というのはこんな面倒くさいことを考えるのか不思議だが、考えてもどうせわからないので、「さいわいぼくには意識があるので、この世はニヒツではない」と書いておいた。

それくらい、空虚などというものは自分に縁がないと思っていたのに、いま急にそれが怪しくなった。――探検隊助手はアンダーソンに忠実であるべきなのに、日本人ならアンダーソンを裏切るべきだ、という二律背反の矛盾に落ち込んだとたんに、ぼくは頭の中が空白になり、目に映っている世界が急にうつろなものになってしまったのである。

「どうする」と中道は返答を迫ってきたが、ひだる神にとり憑かれた空腹の人のように気力が失せてしまって、何も答える気にならない。

ぼくはふらふらと立ち上がって護衛官たちの部屋を出た。そうしようと思ったわけではなく、ほとんど無意識の行動だった。それでも現実的なことには頭が働くらしく、ぼくは廊下の突き当たりにある帳場へ行って、そこにいた女将に、ぼくたちの部屋に炬燵を入れてくれるように頼んだ。「はい、すぐに」という声を背中で聞いて二階へもどったのだが、階段を上がる一歩一歩が、まるで足首に鉄の玉が付いているように重たかった。

それは当然だろう。アンダーソンは次の猟できっと伝次郎たちが狼を捕って帰ってくると信じているんだから。隠し事をしたまま、どの顔さげてアンダーソンと一緒にいられるだろうか。本当のことをいうべきか、いうべきでないか、部屋の前でぼくはまだ迷っていた。

このとき階段を上ってくる足音がしたので振り返ると、もう女将がやってきたのだった。じいさんがやぐら炬燵を持ってその後をついてくる。

「ごめんくださりませ」女将は声をかけてアンダーソンの部屋に入ると、火鉢に熾《お》きている炭火を使って、手際よく炬燵の支度をした。

「あんじょう、でけたな」

じいさんが炬燵に布団をかけながら満足そうにいった。これでアンダーソンの部屋は快適になるが、どうも隣のぼくの部屋に炬燵をこしらえてくれる様子はない。そこで、隣にも一つ、と催促した途端だ。

「何をいうてなはる」じいさんの底抜けに大きな声が返ってきた。「炬燵いうもんは、一人ずつ入るもんやあらへん。皆でいっしょに居るよってに暖かいんや。ここへ二人で入ったらええ」

アンダーソンと顔を合わせるのがつらいので、別々にいようと思うのに、じいさんはぼくのそんな考えを打ち砕くようなことをいいながら、できたばかりの炬燵の方へぼくの手をひっぱった。

「さ、どうぞお入り」と、女将もアンダーソンに炬燵をすすめている。仕方なくぼくはアンダーソンと差し向かいになった。それから、仕切りをする土俵上の力士みたいに上目使いに見ると、こっちを見ているアンダーソンと視線が合った。うしろめたい気持ちがあるぼくはそれだけでドキッとしたけれど、アンダーソンはそれには気づかず、

「カナイ、タンクの準備ができているかどうか、旅館の主人に聞いてくれ」といった。

用事をいいつけられると、気がまぎれて助かった。タンクというのが何のことか理解できなかったけれども、さしあたりそのままじいさんに質問した。

「もうタンクの準備はできていますか」

「え？　タンクて何やろ」じいさんは腰を浮かして聞き返してきた。アンダーソンが聞けという以上、じいさんが知っているはずなのだから、ぼくに聞かれても困る。

「タンクですよ、タンク」

「……わからん」とじいさんは首を振った。

「困ったな。――それなら何か、探検隊のために準備するようにいわれているものは」

ぼくがそういい換えて質問した時だ。じいさんは手のひらをポンと打ち合わせて、

「ああ、そうや。いうの忘れとったわ」と、自分でも驚いたような声を出した。

「そうや。役所からいわれておりいしたわ。古うなって、もう使わん五右衛門風呂を物置から出して、いつでも湯ゥを沸かせる用意しておけとな。……はいはい、たしかにその回り（準備）ならしてありいすで」

じいさんがそういったからようやく、アンダーソンのいうタンクが五右衛門風呂のことだとわかった。――五右衛門風呂というのは、ぼくも今度奈良へ来てはじめて入ったのだが、これは関西地方独特の鉄製の風呂なのである。大泥棒の石川五右衛門を釜ゆでの刑にした大釜がこんなのだったのだろう。普通の風呂のつもりで入ると、鉄が焼けているから

足の裏をヤケドしてしまう。そこで釜と同じ口径の丸い底板を蓋がわりに湯に浮かべておき、入浴するときにはその丸い板に乗って、身体の重みで底まで沈む。まったく面白い風呂である。

どうして五右衛門風呂なんかが必要なのだろうと思った。それに、風呂なら「タンク」ではなく、「バスタブ」というんじゃないかという気がしたが、ともかくじいさんのいうとおり、「タンクの準備はしてあるそうです」と伝えた。

「いいぞカナイ、明日はきっと逃げ出したくなるほどハードな仕事になるはずだ。がんばってくれ」

アンダーソンはヒュッと短く口笛を吹いた。ぼくの気持ちが落ち込んでいくのと対照的に、アンダーソンはなぜか気分を高揚させているようだった。

逃げ出したくなるほどハードな仕事、とアンダーソンはいったが、それは単なる比喩なのだろうとぼくは思っていた。それがまさか、本当に逃げ出したくなるとは。

7

翌日も出だしは普通の日だった。

「まず、日本種の動物の記録をとることから始めよう」と、アンダーソンは庭に三脚を立て、朝の光の中で、猟師が捕ってきた獣を一匹ずつ写真に撮りはじめた。一方ぼくは、その間に獣の体長と背の高さを巻き尺で計って、いちいちノートに記入するようにいわれた。ぼくたちの目にはごく平凡な動物も、西洋人にとっては珍種であるらしい。そこまでは鼻歌まじりの楽な仕事だったのだ。

「全部終わったかね」とアンダーソンが確認した。「では、庭にタンクをセットして、大量に湯を沸かすように旅館の主人にいってくれ」

こうして五右衛門風呂の出番を迎えたのだけれども、ぼくはまだ、何のためにそれが使われるのか、まったくわかっていなかった。

抱月楼の男衆が四人がかりで五右衛門風呂を運んできて、庭の真ん中に設置し、少し離れたところにある井戸からかわるがわる桶で水を運んできて注ぎ入れた。それがすむと、下働きの女の子が風呂の焚き口にかがみこみ、火吹き竹でふうふう吹いて火をおこしはじめた。

ぼくはじっとその様子を見守っていた。風呂を沸かすのが珍しかったわけじゃない。そんなのはありふれた日常の風景にすぎないだろう。けれども、どうしてアンダーソンがわざわざ庭の真ん中で風呂を沸かすのか、まったく見当がつかなかったのだ。ひょっとしたら、獣を風呂に入れて洗うのだろうかとも思った。その見当のつかなさの中には、何かぼくを不安にさせるものが隠れていた。事態が異様な方向へ向かって一気に進行していきそうな気がしたのはこの時だった。

「さあ、皆にいって、ツールを運ばせてくれないか」

アンダーソンが引き締まった声をかけてきた。

昨日木箱から取り出しておいたさまざまな物を、庭に運び出せというのである。抱月楼の人たちがそれらの品物を運んでくると、アンダーソンが置く場所をこまかく指示した。西洋縁台が来たとき、

「それはここへ――」とアンダーソンは、昨日から庭に置かれたままの獣たちのそばを指し示した。

畳三枚分もあるゴム引きの布は、五右衛門風呂の近くにひろげられ、地面にしっかりと固定された。

それから一〇リットル容量の薬液が入った大硝子壜があった。「危険だから注意して運ぶように」といわれて、男たちはおっかなびっくりで、爆弾でも扱うように運んだ。それが五個、慎重に五右衛門風呂の横の地面に並べられた。琥珀色をした引出し箪笥は、アンダーソンが背にした建物の南の縁側に出してあった。

これだけの支度をしてしまうと、手伝いをした旅館の人たちは、じりじりと後退《あとずさ》りして、これから何が始まるのかと息を呑んで遠巻きにぼくたちを見つめた。

「では始めよう。――カナイ、それを台の上に乗せて」

アンダーソンは青い目を光らせ、地面に並べられた獲物のうち、一番手前にある一匹を指さした。それは先ほど、ぼくが頭の先からしっぽまで巻き尺で計って、体長八十五センチと記録したばかりの雄のタヌキであった。ぼくはいわれるまま、タヌキの首の付け根としっぽをつかんで持ち上げ、西洋縁台の上に横たえた。粗い毛並みの下にみっちりと生えそろった冬毛が柔らかかった。

アンダーソンは、琥珀色をした引出し箪笥の五段の引出しをすべて抜き出し、ドキドキするような刃物がよく見えるように、横一列に縁側に並べた。

「私のすることをよく見て。そして、やり方を覚えるんだ」

医者が手術に使うようなメスを手にとって、西洋縁台のこっちがわにいるぼくにいった。それから仰向けにしたタヌキの胸のあたりに刃先を当てた。

刃は腹に向かって長さ一〇センチあまりを、深く切り裂いた。はじけた傷口に、毛皮の下の白い脂肪層が見えた。

アンダーソンは刃先をその白い層にあてがって、脂肪に密着している皮をはがしはじめた。毛皮の下にメスをもぐり込ませ、タヌキのからだと毛皮を内側から分離させようとしているのだった。タヌキの体内での作業が進むにつれて、次第に刃物をにぎったアンダーソンの手首がタヌキの中にもぐり込んでいき、最後に頭部や四肢の分離が行われたときには、ほとんどヒジまでが没していた。

それだけでも目をそらさずにいるのは大変だったのに、その先は悪夢の世界の出来事だった。

いったんタヌキの体から腕を抜き出したアンダーソンは、メスでタヌキの肛門のあたりをえぐった。それから両耳をにぎってタヌキをぶら下げ、ちょうど袋に詰まった中味を底に開けた穴から取り出すように、頭から手足までタヌキの形をした肉塊を毛皮の外へ押し出したのだった。

ぬるりとした塊が西洋縁台の上に落ちると、アンダーソンは落ち着いた手つきでその血にまみれた肉塊から内臓を切り離し、足元のバケツに捨てた。それから、

「今のが、剥製《はくせい》をつくるための中味の取り出し方だ。毛皮に無用な傷をつけないことが大事なんだよ。よく見たかい」と、眉ひとつ動かさない冷静な声でいった。

たしかに見るには見たが、ぼくは冷静ではいられなかった。さっきまでタヌキの形をしていたものがこんな情けない姿に変わってしまったことに吐き気がした。

「ここまでが毛皮を取るための第一段階だ」と、アンダーソンがいった。「第二段階は、不要な肉を酸で処理する。標本にする骨格を取り出すためだ」

ぼくは心の中で、哀れなタヌキのために念仏を唱えた。「いいかい」アンダーソンが念を押した。

「ぼくが順番に獣の毛皮を剥いでいくから、カナイは肉塊を酸で煮てくれ。およそ三十

分で骨格が取り出せるはずだ」

そういうと五右衛門風呂のところへぼくを連れていって、一〇リットル容量の大硝子壜に付いた貼り紙の文字をたしかめてから、その中味をどぼどぼと釜の中へ注ぎ込んだ。同時に釜から異臭をはなつ煙が立ちのぼり、ぼくをたじたじとさせた。

「さあ、肉をタンクへ入れろ。液体を身体に浴びないように注意して――」きびしい声でアンダーソンがいう。

こうなればもうヤケのヤンパチだ。ぼくは開き直った気持ちで、血まみれの肉塊を五右衛門風呂に沈めた。強い酸が沸き返り、鼻の奥をしびれさせた。熱湯の中を赤裸のタヌキがあられもなく回転する。炎のような酸に侵され、外形がたちまち変化していくのが目をかすめた。

〈恐ろしい〉とぼくは思った。〈地獄に送られた亡者だ。身を八つ裂きにされ、釜ゆでにされている……〉

ぼくの頭に、子供のとき信州の田舎の寺で見た地獄図が浮かんだ。泣きながら逃げ惑う亡者と、追いかけてひどい目にあわせる地獄の鬼の、酸鼻きわまる光景だ。

酸で溶かされている一匹の獣がその亡者に思われ、たまらない気がした。しかもそんな無残なことをしている地獄の鬼がこのぼくなのだから。

逃げ出したいと思った。

鶴見から探検隊の助手になる話を聞いたとき、異人と一緒に森に入るのにイヤな予感がしたが、あれはやはり当たりだったのだ。

先ほどまで遠巻きにこちらを眺めていた抱月楼の人たちも一人残らず逃げ去って、庭にはもう、アンダーソンとぼくしか残っていなかった。――そういえば今朝は中道警部補と市松巡査の姿を見ていないな、ふとそんなことを思いながら、ぼくはうつろな気分で五右衛門風呂で煮られる亡者を見つめていた。一体どれほどの時間が過ぎていたのだろう。

「キヨシ、もういいだろう。骨格を取り出して、水で洗ってくれ」という鬼の声が聞こえた。

ぼくは我に返ってアンダーソンのほうを見た。その西洋縁台の上では、次の獣――どうやら猿らしかった――が、もう毛皮をぬがされた肉塊になってしまっていた。ぼくは目をそらし、どうやって五右衛門風呂からタヌキの骨を拾い上げてやろうかと考えた。

周りを見ると、さっき旅館の男衆が五右衛門風呂をかついできた天秤棒《てんびん》が置きっぱなしになっていた。物を運ぶのに使うこの棒は、掛けた綱がずれないように先端に突起をつけてある。ぼくはそれを利用することを思いついた。気は進まなかったが、釜の中の無残なタヌキに救助の手を差し伸べると、天秤棒の突起がうまく肋骨にひっかかった。

出てきたのは、ぼろぼろとしかいいようのないヒドい代物であった。ぼくはそいつに桶の水をかけて洗ったり、溶けた肉の残りカスをこすり取ったりして、頭蓋骨から尾骨までそろった見事な骨格標本になるまで面倒を見てやった。

こうしてその日が過ぎていった。

夕方までに、猟師が捕ってきた獣はすべて毛皮と骨格になって、ゴム引きの布の上に並んだ。

ぼくは仕事が終わるとすぐ風呂場へ行き、血なまぐささを消すため、ざぶざぶと湯を浴びた。それから大急ぎで湯船に入ろうとした。けっこう冷えてきたので、ゆっくり温まりたかったからね。ところがどうだろう。夕暮れの薄暗い五右衛門風呂が、なんだか酸の臭いをたてているような気がしたのだ。気のせいであることはわかっていたが、ぼくは尻込みした。半分溶けた自分の姿を想像したとたん、鳥肌が立ち、ぼくは風呂場をとびだしてしまった。

第三章　蛇洞沢の月の下で

1

ばあちゃんは六曜の暦にしたがって暮らしていた。

ぼくにはそれが不思議で、「六曜というのはおかしいよ」と、文句をいったことがある。暦は七曜に決まっている。日、月、火、水、木、金、土だ。

だが、ばあちゃんは、「そんなのは異国の暦だろう。働く日と休む日がわかるだけで、ほかに何か役に立つことがあるのかい」といった。

ばあちゃんがいう六曜は、先勝《せんしょう》、友引《ともびき》、先負《せんぶ》、仏滅《ぶつめつ》、大安《たいあん》、赤口《しゃっこう》の六つで、この暦を使えば災厄に遭《あ》わず無事に生きることができるのだという。無事に生きられる暦というのはスゴそうだから、ぼくは文句をいったのを忘れ、どんなのか教えてくれと頼んだ。


先勝の日は、午前は吉で、午後は凶。

友引の日は、朝晩は吉で、昼は凶。

先負の日は、午前は凶で、午後は吉。

仏滅の日は、午前も午後も凶。

大安の日は、万事によし。

赤口の日は、万事に大凶。

六曜は大体こういった順番でめぐってくるから、凶の時はじっとしていて、吉を選んで動けば間違いがないのだという。


これが本当なら人が無事に生きられる確率はたしかに高くなるだろうが、まだ十代のぼくは別に平穏無事な人生を歩みたいと思わなかったから、六曜への興味もそれきりになった。

しかし、ぼくは鳥肌を立てて風呂から二階へもどる途中で、久しぶりにこの暦のことを思い出していた。

〈赤口というのは、今日のような日なんだろう〉と思ったのである。さっき説明したけど、赤口は万事大凶の日だ。自分が地獄の鬼に成り下がって哀れな獣を熱湯で煮る羽目になるなんて、普通の日におきるわけがないだろう。ぼくが百歳まで生きたとしても、今日より悪い日があるとは考えられないほど、気持ちが落ち込んでしまった。

明日にならなければツキは変わらないかも知れないが、それにしても気晴らしぐらいしたかった。

ただでさえここは気が滅入る山の中の一軒家だし、しかも、人殺しの脱獄囚がいつやってくるかも知れないとおびえているんだぜ。探検隊だって憂鬱の種だ。男たちが獰猛《どうもう》な獣を命懸けで捕らえて、頑丈な檻で本国へ運ぶのかと思ったら、そうじゃない。弱い動物を捕ってきて解体し、あんなみじめな姿にするだけだ。ぼくはもう、ここのすべてがイヤになった。

やけになって荒っぽく廊下を歩いていくと、中道警部補と市丸巡査が向こうから来て、びっくりしたように立ち止まった。

「何ぞあったんか」さぐりを入れるように、中道がいう。

「べつに――」

ぼくは視線も合わせず、そのまま行こうとした。

「まあ待ちィな。ちょっとええ話があるんや」と、中道はいいかけたものの、ぼくの様子が普通でないと見たのか、

「ま、話は後にしよか。……晩飯がすんでから、私らのとこまで来てくれたらええわ」と譲歩するようにいった。赤口の日にいい話があるといわれても、どうせろくな話のわけがない。ぼくはまったく興味がわかなかった。

それより気晴らしが必要だった。

ぼくが入った一高の寮では、みんな鬱屈してきてたまらない気分になると、すぐに相撲がはじまる。時には部屋の壁を壊してしまうほど、取っ組み合ったり転げ回ったりして、相撲だか喧嘩だかわからないこともあるけれど、たいていはひと暴れするとすっきり気持ちが晴れるんだ。だが、ここには友達がいないので取っ組み合いをすることもできない。だからぼくはせめて、友達と話をしたいと思った。いろいろ聞いてほしいことがあった。そして、できたら今の救われないぼくに同情して、慰めてほしいと思った。そして、そういう友達といえば鶴見しかいないのは、自分でもよくわかっていた。

ぼくは部屋へ行きかけていた足を帳場へ向け、そこにいる大柄な女将に、

「電話を借ります」といった。

電話機は帳場の近くの柱に取り付けてあった。

「はいはい、どうぞ。——それから、じきにお膳をお部屋へお運びしますよ。若いお方やから、いつも魚ばかりではあかんやろと思うて、今日は板場が、肉を焼いたビフステーキやらいうのを造りましてなあ」

女将は愛想よくいった。

ほかの日なら大歓迎だが、狸や猿の血まみれの肉を処理したあとで、そんなものが食べられるかどうか。

ぼくは無理にお愛想笑いを返してから、電話機に向かった。使う人の顔の高さに取り付けられた電話機は、大きさと厚みが女将の顔ぐらいもあるニス塗りの箱で、その前に立つと、箱から突き出た蛸《タコ》の口みたいな格好の送話器が、ちょうどぼくの口の高さにあった。

ぼくは順序通り、箱の左側面についている掛け金から受話器をはずして左耳にあて、次に箱の右側面にあるハンドルをぐるぐると回した。これで奈良の電話局の交換台につながるのだ。

すぐに、「もしもし……」と女の声がして、交換手が出た。

「もしもし、東京をお願いします」

「はい、承知いたしました。そちらさまの番号は何番でしょうか」

「鷲家口の二番です」

「では、東京へおつなぎしますので、一度切ってお待ちください」

ふっくらした声でいわれるままに受話器を掛け金にもどして待っていると、十分ばかりたってから電話のベルが鳴り、さっきとは別の交換手の声が、

「はい、東京です」といった。

東京の電話局につながったとたん、耳にとびこんでくる声の質が変わっていた。東京をせいぜい五日か六日離れただけなのに、その間、大和地方の言葉ばかり耳にしていたせいか、ぼくはそのきりっとした口調にずいぶん久しぶりに会った気がして懐かしかった。その声の背後に限りなくひろがっている東京を感じたのだった。

ぼくは、東京第一高等学校の寮につないでもらうために交換手に電話番号を告げ、再び回線がつながれるまで待った。それからしばらくすると寮のおばさんが向こうの電話口に出たので、自分の部屋にいる鶴見を呼んできてくれるように頼んだ。おばさんが出て行く

ガラス戸の音を最後に、しんと静まり返った受話器を耳にあてたまま、ぼくは彼が留守でないことを願っていた。それから、再びガラス戸の音がしたと思うと、少し息をきらしたような声が、「もしもし」と口早に呼びかけてきた。こうしてずいぶん手間ひまをかけた電話に、ようやく鶴見がつながった。

2

「金井、元気かい？　鷲家口はいいところかい？」

鶴見はいきなり、ぼくが簡単には答えられないことを二つも質問してきた。元気ではないし、いいところでもないから、慰めを求めてこうして電話をしているのだが、いきなり聞かれては本題に入りにくかった。

「元気元気。こっちではいろいろあって、珍しいことばかりだから目が回るよ」

ぼくはとりあえず適当な返事をした。

「そうだろうと思っていた。じゃあ、動物の捕獲ももう、相当進んでいるんだね」

「そう、アンダーソンさんが猟師を叱咤激励してやっている。彼はふだんは紳士だけど、動物のことになると人が変わるんだ。——まるで鬼だよ」

——最後のところだけ声をひそめながら、ぼくは本当のことを漏らした。が、鶴見は面白い冗談を聞いたみたいに声を上げて笑ってから、

「なるほど。内村先生も、ミスター・アンダーソンは情熱と勇気の人だ、と評価されていたからな。金井清くんとどっこいどっこいだといっておられたよ」

え、あの内村鑑三先生がアンダーソン氏を褒めるついでに、ぼくのことも褒めてくれたって？　無論、わるい気はしなかったが、なんだかむずむずしたので、ぼくは手っ取り早く送話器で鼻の頭を掻《か》いた。

「何だか雑音が入る」と鶴見がいった。

「遠距離のせいだろ」とぼくがいった。

「ああ、もう直った。——それで、アンダーソン氏が欲しがっていた狼はどうなった。もう見つかったのかい」

「それなんだ」と、ぼくはため息をついた。「それが問題なんだよ」

この時ふいに、鶴見に相談してみようという考えが頭に浮かんだ。鶴見は、ぼくよりだいぶ頭がいいし、学問の知識もある。アンダーソン氏がどうしても狼を捕りたいのに、村の猟師は金輪際、狼に手を出すつもりはない。こんな時、ぼくはどちら側につけばいいのか。探検隊に忠実な助手であるべきか、それとも、土地の神をうやまう日本人であるべきか。鶴見ならきっと、ぼくの悩みに答えてくれるだろう。――

そこで、猟師の伝次郎が「何やて、狼を捕ってきてくれいうんか！」と叫んだ場面も交えながら、ぼくはこれまでのいきさつを説明した。

「なるほど……、なるほど……」と相槌をうちながら聞いていた鶴見は、話が終わったあと、「ウーン、これは相当な難題だな」とうなった。

「それで鶴見、おまえの結論は？　どっちなんだ」

「ちょっと待ってくれ」鶴見は、せっかちにつつくぼくを制して、「君の話だと、どちら側につくかという二者択一だが、それ以外に第三の選択肢がありそうだ」

「第三の選択肢だって……？」

「うん。アンダーソン氏の探検隊は、今君がいる紀伊半島に移動する前に、東北地方と中部地方での動物の捕獲をやってきたろ。でも、それにもかかわらず、狼を一頭も捕らえられなかったんだ」

「だからこそ、鷲家口ではと……」とぼくが口をとがらせていいかけると、鶴見が、この男にしてはめずらしくぴしゃりとした口調でいった。

「おい、黙ってぼくの話を聞くんだ。――探検隊は今まで、どうして狼を捕らえられなかったと思う？　それは、鷲家口の猟師と同じで他の土地の猟師にもまったく捕る気がなかったか、それとも、へたな猟師ばかりだったからか、あるいは、山に狼がまったくいなかったからか――答えはこの中のどれかしかない」

鶴見の話はいかにも秀才らしく論理的で、ちょっとぼくを感心させた。だが実際にこれをひとつひとつ考えてみると、どれもが少しずつ怪しいところをもっていた。

まず一、「鷲家口と同じで他の土地の猟師にまったく捕る気がなかった」というのは、ぼくにいわせれば、まったく地域性を無視した説である。鷲家口では、狼がオオミワ神社にゆかりのある神として畏敬されているから、猟師が恐れて手を出さないのである。なのに、他の土地で狼を捕る気がないというのは、まったく根拠がない話ではあるまいか。

次に二、「へたな猟師ばかりだった」というのは、こんなことを東北や中部の猟師たちが聞いたら怒るにきまっている暴論で、可能性はない。

最後の三、「山に狼がまったくいなかった」というのも笑わせる。山に狼がいるというのは、海にサメがいるというのと同じくらい当然のことだから。「いなかった」というのなら、いなかった理由を聞きたい。

こういうことを挙げて、ぼくは鶴見に反駁したのだ。鶴見は、ぼくが文句をいい終わるまで我慢強く待っていた。それから、

「金井、君は信州出身だから、きっといろいろ狼の話を聞いて育ったんじゃないかい」と、今までの流れとは違うことを聞いてきた。

「狼の話だって……？」といいかけて、今まであまり考えたことがなかったが、そういえば狼の話はたくさんあるぞと思った。

「あるある」とぼくはいった。「信州の駒ヶ根に光善寺という寺があるんだが、その本堂の縁の下に山犬が住みついて仔犬を生んだんだ。……あ、信州では狼のことを山犬というんだがね。……それで、寺の坊さんや村のみんながその山犬の仔を可愛がって育てたという。毛並みが灰色なので、灰坊《へえぼう》と名付けてね。そいつがすごく強い雄狼になって、評判が遠くまで響いた。そのころ、なんだか遠州の掛川かどこかで、祭りの日に狒々《ひひ》が出てきて、若い女を人身御供によこせといって暴れたらしい。村の人が困って、その怪物を退治でき

るのは駒ヶ根の灰坊だけだというので、灰坊を貸してほしいと頼みにきたという。そんな話が残っている」

子供のころに聞いた話をしていると、その逞《たくま》しい灰色の狼を本当に見たことがあるような気がしてきた。

「すごいな。昔の人は、ぼくたちが犬を相手にするみたいに狼とつきあっていたんだな。……山犬って、いっていたんだ」

受話器から鶴見の声が響く。

「狼と人間がつきあっていた話ならまだある――」と、ぼくは次第に調子に乗ってきた。

「村人が日暮れに山道を歩いているだろ。すると、森の中を、見え隠れしながら狼が何頭もついてくるんだ。暗がりで目が光るから怖そうに見えるけど、そんな時は、狼は一定の距離をたもったままで決して人間を襲ってきたりはしない。……それで人間が家に帰り着くのを見届けて、それから黙って引き返していく。そういうのを、送り狼というんだ。村人は送ってくれた狼にお礼をするんだが、どうするか知っているかい」と、ぼくは質問した。

「さあ、――なんだろう」鶴見は見当もつかないようだった。

「塩をくれてやるんだ、ひとにぎりほどさ。戸の外へ置いてやるんだが、それだけではだめだ。戸を閉めてやらないと。人間の姿が見えなくなると、狼は安心して近寄ってきて、皆でうまそうに塩を甜《な》めて森へ帰っていくんだってよ」

「そうか。いい話だな。様子が目に見えるみたいだ。本当に狼と人間はいい付き合い方をしてきたんだなあ」 鶴見が感動するのを聞くと、ぼくもうれしかった。さっきまでの憂鬱な気分がほぐれていくようだった。

「それ見ろ。そんなに狼はいっぱいいるじゃないか。山に狼がいないという選択肢はハズレだな」ぼくは笑った。

だが、返ってくると思った笑い声は、受話器から返ってこなかった。少し間があった。

「そのことだけど、――内村先生は、探検隊が狼が捕れなかったのは問題だ。これは偶然でなく、何か原因があるのだろうとおっしゃって、各地の役所に照会して狼の出没状況を調べられたんだ。すると、近年、これまで頻繁だった狼による山村の家畜被害が、皆無といえるほど減少していたのさ」

「どういうことだ」

「つまり、山に狼がほとんどいない可能性が出てきたんだ」と、鶴見がいった。

「そんなバカな！　どうして狼がいなくならなければならないんだ」

ぼくは思わず、そこに鶴見がいたら顔にツバを飛ばしていたに違いない口調になった。

「ぼくも驚いたよ。でも先生が調べていくうちに、幕末から明治初年にかけて、日本中に狂犬病の流行があり、人々がずいぶんおびえたという記録が見つかった。発病した犬は凶暴になって、みさかいなく人に噛み付いたんだ。――山に狼がいなくなったのは、被害が犬にとどまらず、この時のすさまじい病気が狼たちに伝染したためらしい。ここ二、三十年の間に、山から山へ蔓延が続いたのではないかと、先生はいっておられた。――狼は人里から離れた場所で生きているだろ。ばい菌に対する免疫をもたない分、犬より狼のほうがずっと被害が深刻になるんだそうだ」

「へえ、そんなことがあったのか。犬より狼のほうが病気に弱いなんてたまげた」

「それだけじゃないぜ。狼が次々に狂犬病にかかるようになってから、あれほどいい付き合い方をしていた人間と狼の関係が、すっかり崩れてしまったというんだ」

「え、どういうことだ？」

「それは、狂犬病にかかった狼は人を見るとみさかいなく噛みつくだろ。そして、人間の方も自分の子どもが襲われたら、狼なんていう凶暴な獣を野放しにしておくべきではないといい出すよ。それが積み重なって、日本中で、狼をさがしだして殺す徹底的な狼狩りが行われたらしい」

「病気にかかっていようがいまいが、ひっくるめて悪者扱いされたってことか──」

「それで狼の数がぐんと減ってしまった。今では絶滅に近い状況になっているのではないかと、先生はいっておられた」

「へえ」とだけいって、ぼくは沈黙した。

本当だろうか。海にサメはいるけれど、山には狼はいないんだ──といわれても、だれだって、まさかと思うだろう。出鱈目《でたらめ》いうなと言い返してやりたかったが、内村先生の調査のお墨付きがあるおかげで、残念ながら鶴見の話には反論しがたい説得力があった。

「もしもし、聞いているかい──」と、受話器からの声がいう。

「うん、聞いてるけど、いまの話はずっしり効いたな。ちょっと立ち直るのはむずかしそうだんべ」

「何をいってるんだ。──狼が滅びかけてるってことは、信州人としては身につまされるかも知れないが、今の立場の君にはとても有利なんだぞ。……猟師とアンダーソン氏が喧嘩しようとしまいと、もともといない狼は捕りようがないのさ。結果がわかっている問題で、探検隊助手であるべきか日本人であるべきかなんて、君が悩むことはない。それが第三の選択肢さ」

それから鶴見は、秀才にしてはわりに人間味のある声で、「成り行きにまかせておけよ」とつけくわえた。ぼくはちょっと胸が熱くなった。

「わかった。さすが鶴見だ、ダンケ」と、ぼくはドイツ語で礼をいった。

3

「なんや知らんけど、お大事そうな、長いお電話でしたな。お運びしたお膳がさめてしもうたやろか」

帳場で、女将が気の毒そうな顔をした。

「いいんです。今日は最後まで赤口だろうとあきらめていたんだけど、赤口でなかったから、ご飯がさめたぐらいのことはどうだっていいんです」

こんな余計なことをいうほど、ぼくの気持ちは明るくなっていた。鶴見が相談にのってくれたおかげで、もうアンダーソンの顔を見ても後ろめたい思いをしなくていいのだから。

「あれお客さま、違うておりなさるわ。今日は赤口でございますがな」

ぼくの軽口をまじめに受けた女将が訂正した。壁の日めくり暦をのぞいて、「間違いございません。それで明日が先勝になる巡りやから」といった。この女将も、うちのばあちゃんと同じで、六曜を心の糧として生きているらしかった。

軽い足取りで二階へもどると、アンダーソンがもう夕飯を終わって居間に引っ込んだあとだったので、一人でお膳に向かった。

ついでに、間取りのことをいっておこう。抱月楼の二階には部屋が六つあるのだが、豪勢なことにこれを全部、アンダーソンとぼくだけで使っている。――奥の上等の二部屋がアンダーソンの居間と寝間にあてられ、その手前の二部屋がぼくの居間と寝間になっている。残る二部屋のひとつは、ぼくはひそかに「めし部屋」と名付けたんだが、階下からお膳がはこばれてきて、アンダーソンと二人で差し向かいになって食事をするところだ。もう一部屋は、さしあたり使う必要がない。けれども、せっかくあるのだから、居間に置くと邪魔になる帽子やマントなんかを持ってきてほうりこんである。ぼくは「物置き部屋」

と命名したけれどね。

ひとり「めし部屋」で夕飯を食べているとき、ふと中道警部補が何か話があるといっていたのを思い出した。せっかく元気をとりもどしたぼくだったが、「めし部屋」では、噛むと血が出そうなビフステーキを見ただけで、げんなりと食欲が失せ、お茶漬けでようやくご飯を一杯食べただけで食事をきりあげた。

「お替わりは?」と、矢絣《やがすり》の着物をきた給仕の少女が不思議そうに尋ねた。いつもは少なくとも山盛り三杯の米の飯をたいらげる客が、急にお嬢さんみたいな食べ方になったのだから驚くのも無理はない。

「もう満腹、ぽんぽんになった」と答えて、階下の護衛官たちの部屋へ出かけた。

「ああ、来てくれよったか。えろう疲れとるやろに、すまんな」

中道は、いつも愛想のないこの男にしては歯の浮くようなせりふでぼくを出迎え、市丸巡査に命じてお茶をいれさせた。さっき廊下で会った時ぼくが不機嫌だったので、気を使ったのかも知れない。

「今日はえらかった(大変だった)そうやね。ここの衆も震え上がってたで。奈良の代官所の仕置き場で、罪人が八つ裂きにされるのを見るようやったというてな」と、中道はおおげさなことをいった。

そんな昔のことは知らないが、仕置き場というのは今の刑場のことらしい。

「ええ、剥製標本や骨格標本を造るためだろうけど、アンダーソンさんのあのやり方は残酷すぎて……、まいった……」

ぼくは仕方なく返事をしたものの、もう思い出すのもイヤだった。

「西洋人いうのは、太い神経が一本どーんと通ってるだけで、日本人みたいな繊細な神経はまったく欠けてるんやな。……わしら今日、そんな恐ろしいもんを見ずにすんでよかったわ、なあ市丸」

中道は市丸巡査に同意を求めた。若い巡査が何でも賛成するのを承知してのことだ。しかし、そんないい方は気楽すぎて少し癪にさわったので、

「恐ろしいものなんか見ないでよかったですね。で、何をしていたのですか」と聞いてやった。

もちろん皮肉のつもりだったが、通じなかったみたいだ。

「ああ、大宇陀《おおうだ》まで出かけててな」と中道は答えた。

「ほら、――馬に乗ってここへ来るとき、途中で大宇陀を通ったやろ。追分に大きな栗

てあるだろう。

中道は、カラスが畑の土をつついて種をほじくり出すみたいに、ぼくの脳みそをつついて何とか記憶をほじくり出そうとした。が、大きな栗の木と辻堂なんかどこの村にだってあるだろう。

何という頭のわるい学生だという顔をしながら、ようやく警部補はぼくに期待することをあきらめたらしい。

「まあええよ。大宇陀まで行ったところ、思いがけずええ知らせが手に入ったので、早くあんたに教えてやろうと思うて帰ってきたんや。これを聞いたらあんた、躍《おど》り上がって喜ぶわ。——なあ市丸」

「はい、喜ばれると思います」と巡査が同意した。それから顔をしかめて、こうつけくわえた。「でも、大宇陀のほうも、ずいぶんひどかったですね。わたしは夕飯がのどを通りませんでした」

何の話だ。ぼくは耳をぴんと立てた。

「こういうわけや」と、中道警部補が説明をはじめた。

——昨日、大宇陀の山中にある炭焼き小屋の中で、小屋の持ち主である村人が死亡しているのを、たまたま訪ねてきた知り合いが発見した。駐在が調べたところ、頭部など六カ所に陥没や骨折があったことから、何者かに鈍器で執拗に打撃を受けて死亡したと見られる。

知り合いの話では、被害者は一人で小屋に寝泊まりしていたというが、小屋の中が荒らされ、財布、衣服などがあらいざらい無くなっているため、物取り説が有力だ。ただ、事件のあった大宇陀村は、桜井と鷲家口の中間にある辺鄙な場所で、わざわざ物取りが入り込むような土地ではなく、駐在は物取りをよそおった怨恨殺人の可能性もあるとして、村での人間関係を合わせて捜査している。――

「被害者が発見された時は、死後すでに二日経っていたわ」と、警部補がいった。

昨日が「死後二日」なら、人殺しが行われたのは、ぼくたちが桜井を発って鷲家口の抱月楼へやってきた日である。ぼくたちは、人殺しがいるのを知らずに、その村を通過したのだ。

「ひどいやつがいるなあ。そんなめちゃくちゃに人を撲《なぐ》るなんて」ぼくは顔をしかめた。どんなにひどかったかは、それを見た市丸巡査が夕飯がのどを通らなかったというから、想像がつく。

「わしらの見るの、こんなのばっかりやで」

「それで犯人の目星は、まったくつかないのですか」

「最初はわからなかったがな。——鬼寅と矢之吉の仕業や」

中道が確信ありげにいったその名前が、青天の霹靂《へきれき》のようにぼくを打った。凶悪な脱獄囚がこの土地に来ていることを十分承知しているくせに、なぜかぼくは、思いがけない名前を聞かされたように驚いたのだ。驚いた理由はほかでもない。この殺人の手口がまったく鬼寅のものとは違っているからだ。

日本刀を使っての人斬り——それが鬼寅ではないのか。「でもな、こうして罪を重ねてくれたおかげで、やつらの新しい足取りがわかったで」中道は落ち着いた手つきで、急須から茶を注ぎはじめた。

「大宇陀まで来たのやから、そのあとは必ず鷲家口へ来ると思い込んでたが、調べてみると、大宇陀には右に折れて西吉野村まで続くけもの道みたいな抜け道があるのや。土地の人にも忘れられてるひどい薮道だが、鬼寅たちはそのけもの道を逃げた。こんな道、警察はよう見つけんと思うたのやろな。——道理で鷲家口へ現れなかったわけだ。違う方角へ行ってしもてたんだからな」

中道は脱獄囚の心理を読むようなことをいった。だが本当だろうか。ぼくはまだ半信半疑だった。

「その証拠に、今朝の捜索で、けもの道に入って一丁ほど行った山林に衣服が脱ぎ捨ててあるのが見つかったわ。その報告がきたので、市丸を連れて大宇陀へ遺体の検視とその衣服の確認にいってたんや。――たしかに、桜井の木材問屋で盗まれた山働きの仕事着だったわ」

そのことばで、すべての疑問が氷解した。

「あっ、そうか。またいつもの手で、今度は炭焼き小屋で盗んだ着物をきて変装したんだ」

ぼくは思わず大声を出していた。同時に、張りつめた緊張が一気にほぐれていくような解放感を味わった。だってそうだろ。鷲家口でいつ出会うかとおびえていた人殺しが、ほかの方角へそれて行ってしまったんだから。

「ええ知らせやろ」ぼくのうれしそうな顔を横目で見ながら、中道がそっけなくいった。

「あんたには教えてなかったけど、この鷲家口集落の入口は、蟻一匹はい出る隙間もないほど三輪町警察署が固めとったんで。――そやけど、これで犯人が五条町警察署の管内に入ったから、今後の捜査はそっちへ引き渡して、こっちは配備をとけるわ。やれやれや」

無愛想な口調は変わらないが、いつも光っている目が気のせいかやわらかくなっていた。本当にこれが、一日中すべてに大凶のはずの赤口なのだろうか。朝から夕方までは本当にひどい日だったけれども、夕方を過ぎたとたんに、万事が良い方へ転がりだしたではないか。

ぼくは、人目さえなければ、「バンザイ！　バンザイ！」と叫んで踊り回りたい気持ちだった。

しかし本当にツキが回ってきたかどうか。こうなると、ぼくにはもう一つ試してみたいことがあった。それで、護衛官たちの部屋を出るとすぐ二階へ駆け上り、アンダーソンの部屋の外で声をかけてから中へ入った。そして机に向かってランプの光で本を読んでいる籐椅子のアンダーソンに、

「明日の猟のことで、ちょっと話があるんですが」といった。

4

朝五時。顔を洗おうとしたら、甕《かめ》の水が薄く凍っていた。

外は暗く、金星がさえざえと輝いている。

近くの山々は昼間見るのとは違って、お化けじみた奇怪な影になり、ぼくが抱月楼の玄関を出て歩きだした途端、真っ黒にのしかかってくるようだった。

〈うわっ、凄いな〉と思い、胆が縮んだ。深夜丑三つ時には草木も眠り、家の軒先が三寸下がるという。これほど夜の深さがすさまじいのは、人が眠っている時間を、夜の魔物が支配しているからだ。

〈でも、もうじき夜が明けるだろう〉ぼくはそう考えて自分をはげました。

この時刻に抱月楼の表の道で待っていれば、伝次郎、多十、耳助が通りかかるから、その三人について行けばいい、という段取りは昨夜のうちに決まっている。

やっぱり本物のツキが回ってきたとしか思われなかった。

一回目の猟から帰った猟師たちが翌日一日休養し、その次の朝（つまり今朝だ）、二回目の猟に出ると知ったぼくは、この機会を逃すまいとした。それで、アンダーソン氏の部屋へ行って、日本の猟師がどうやって獣を捕るか、その方法や具体例をレポートにまとめて詳細に報告したいから、ぜひ猟の現場へ行かせてくださいと熱弁をふるったのだ。

鬼寅たちがもう鷲家口へ来ないと知らされて、ぼくは今までの胸が締めつけられるような緊張から一気に解放された。もうびくびくしながら周りをうかがわなくてもいいのだと思った途端、思いきり自由に行動したくてたまらなくなったのである。

レポートは本当に書くつもりだったが、猟に同行する動機は、少し探検隊向きに脚色しただろうといわれれば返す言葉もない。本心をいえば、日本の猟師がどんなふうに獣を捕ろうと、そんなことはどうでもいいんだ。ただ、一回目の獲物たちがあんまり哀れだったので、猟っていうのはこんなものじゃないだろうという気持ちがどうしても消えなかった。山には原始のものすごい力が満ち溢れている。その力が神々の威厳を生み出しているんだ。だとしたら、山にすむ獣にだって、強い原始の力は分け与えられているはずだろう。だからぼくは、どうしても、今度こそ、野獣の本能を剥き出しにした凄い奴と出合わなければ気が済まなかった。山国で育ったせいか、ぼくは山のことになるとどうしても向きになってしまうのだ。

でも、アンダーソンは、ぼくのいうことを額面どおりに受け取ってくれた。

「カナイは今日一日、動物の処理によく働いた。明日から二日間は、君の好きなように行動してよろしい。君がいなくても、私にはナカミチたちが付いているし、旅館のスタッフとのコミュニケーションも順調だから、後のことは心配いらない。レポートに期待しているよ」と、山へ入るのを許可してくれたのだ。

すべてがうまくいきすぎて、気味がわるいぐらいだった。

ぼくが旅館のじいさんの貸してくれた鹿の毛皮の胴着をきて、その上から二食分の焼きおむすびの入った風呂敷包みを背中にたすきに掛けて待っていると、暗い道の向こうにすたすたとわらじの足音がして、猟師の伝次郎たちが近づいてきた。

「東京の学生はん、一緒に山へ行くんやてなあ」顔の見える近くまで来て足を止めると、耳助がもっそりといった。

「ついてこれんでも、待ってえへんで……」

やせた多十の口調は、気のせいか、あざけるように響いた。そして、町の人間は下駄など履いて山へ行くつもりじゃないだろうな、というように、ぼくの足元をくぼんだ目で点検した。

その点は大丈夫。全部じいさんのおかげで、ぼくは仕事着にたっつけ袴という、このあたりの男たちが労働するときの格好をしていたし、足元も脚絆《きゃはん》にわらじという文句なしの装備だったのだ。

「行こか」

伝次郎が短くいって歩きだした。

ぼくも一番後ろについて歩いた。後ろから見ると三人とも斜めに鉄砲をしょっていた。

半里も行くと、闇の中で真っ白い牙のような奔流が沸き返っている急傾斜の岩場に出た。猟師たちはここまで来ると、道をはずれて、ナラやクヌギの大木がななめに伸びている渓流沿いの斜面を登りはじめた。平地を歩くのと変わらない速度で、石ころを落としながら上っていく。ぼくには、彼らが飛ぶように走っている気がした。

伝次郎、多十、耳助、ぼくの順に連なって、猟師だけが通う道筋を次第に国見山の山懐へ入っていく。ぼくも山歩きは得意なほうだが、それでもこんなに速く歩いたのは初めて

だった。耳助がぼくのほうをちょっと振り返ったので、

「犬は?」と、ぼくは先ほどから気になっていたことを聞いてみた。

「犬?」耳助は何のことかわからないという表情をした。そんな表情が見えたから、周りはもう白々となりかけていたんだ。

「猟には犬を使うのだろ。連れていかないのか」

「ああ、犬か……」ようやく納得がいったらしく、耳助はのんびり笑った。「獣が隠れよる場所なんか、犬が嗅ぎつけなくてもな……」

そういって、自分の耳を指さしてみせた。針の落ちる音も聞きのがさないこの耳があれば猟犬などいらないと、自信たっぷりに誇ったようであった。

尾根の向こうにひろがる東の空がきれいに澄んできて、よく晴れた日の出を迎えた。ぼくたちは国見山の尾根道に出るために、影になった西側の原生林をひたすら登っていった。目を覚ました鳥たちが周りで鳴き交わし、侵入者のぼくたちを警戒した。

しばらく行くと、広葉樹が繁茂する山の斜面に一本の大きな倒木があった。落雷を受けて燃えたらしく、幹の片側がひどく焼け焦げていた。そこまで来ると伝次郎ははじめて足をとめて、

「腹ごしらえするか」と、ぼそりとつぶやいた。

耳助がなれた手つきで焚火をつくっている間、多十はしばらくどこかへ姿を消していたが、ほどなく何羽かの椋鳥《むくどり》を提げてもどってきた。

羽をむしり、木の枝を使ってはらわたを抜き、火であぶってから、香ばしい膏《あぶら》の匂いの中で朝の食事がはじまった。

「どうや、食べてみるか。うまいで」

耳助はにこにこ顔で、ぼくにも分けてくれた。どうやら耳助はぼくを新入りの仲間として認めたらしく、何かと親切に世話をやいてくれる。

対照的に多十のほうはぼくが嫌いなのか、焚火の向こうからぼくをにらみつけ、目が合うと「へっ！」とあざけるようにいって横を向くのだ。その様子は、ぼくが途中で落伍せず、ここまでついてきたことに腹を立てているようだった。

「多十、罠はいくつ仕掛けたんやったかな」

伝次郎が焚火の燃えさしを取って煙管《きせる》に火をつけ、ゆっくりと食後の一服の煙を吐いた。

「括《くく》りが八つ、虎挟みが三つだす」と、多十が答えた。

「大けな獣を捕って稼ぐには、ちいと虎挟みが少けないようやのう」

「へえ。それで二つ増やそうと思うて、一心洞に注文してありますのや。もうできてるやろ。後で一心洞の仕事場へ寄って貰《もろ》うてきますわ」

二人の話が耳に入ってくる。別にぼくは関係ないけれども、聞いていて、なんだか罠の数が多すぎると思った。それは、猟の方法にもいろいろあるだろう。猟師も暮らしのためには、たくさんの獣を捕らねばならないからだ。

だが、ここ一番という猟まで、罠でやってしまうのは邪道ではないかという気がした。話は飛ぶけれど、人間の勝負だってそうではないだろうか。どうしても人と人が殺し合わなければならないのなら、まず自分が誰であるかを名乗って、相手が何者であるかを聞いておくのは最低の礼儀だ。それから正々堂々と闘うのなら、たとえそこで命を落としたとしても、自分を倒すほど強い男と十分に闘ったことに満足して目をつぶれるじゃないか。

それなのに今ロシアと戦っている戦争のように、相手の名前も知らないまま、遠くからの砲撃で敵をまとめて粉砕したり、突撃してくるのを待ち構えていて機関銃でなぎ倒すというのではひどすぎる。人間らしい心がどこにあるだろう。能率を上げるためなら何でもやる――そんなことは悪魔だってためらうに違いない。

猟師だって同じだ。自分がこれとおもう強敵を見つけたら、互いに目をそらさず、睨《にら》み合って、決着がつくまで正々堂々と勝負してこそ、自分の仕事に誇りがもてるというものだ。

それなのに、伝次郎は、

「耳助がいるから、犬なしで猟ができて助かるわ。そのかわり熊のような大物は捕れんな。あいつらやっぱり、犬をけしかけて弱らせてからでないとな、手負い熊になって暴れられたらかなわんさかい」などといっている。

「ほんまや」と、多十があいづちを打ったから、いいことはいわないだろうと思った。

「えらい目せんかて（苦労しなくても）、仕掛けで捕るのは楽でええ。罠を仕掛けたら、二、三日してから見にいくだけのことやさ。虎挟みにがっちり咥《くわ》え込まれて、逃げるに逃げれんと、もう弱り切ったあるのを捕まえるだけのことやから」

「そや。わしもだんだん齢やから、熊狩りはしんどいで。これからは罠にかぎるな。一心洞にもっと注文せんとあかんな」

伝次郎と多十の意見が、猟に手抜きすることで一致している。抱月楼での自己紹介で、「命知らずの伝次郎といいますわ」などといっていた男が、何のざまだ。ぼくの腹の中に熱いものが燃えてきた。

出発することになり、耳助が焚火に土をかけて念入りに踏み消した。

せっかくアンダーソンに頼んで猟に同行させてもらったのに、ぼくはこれでもう、望んでいたような場面に出合えないことを知った。これでは今日も、第一回目と同じ情けない猟がくりかえされるだけだろう。

〈それにしても、おかしくないか？〉とぼくは思った。ようやく凶運の赤口から逃れ、この勢いで進めば、先勝の今日はどれほど良いことが訪れるかと思ったのに。

なんだかがっかりして、ぼくは三人について行く足取りさえ重くなった。

国見山の尾根付近へ来ると、多十が先に立って仕掛けの場所を見てまわった。いくつかの括り罠にイタチやモモンガが捕まって、ぐったりしていた。虎挟みのほうは、茂みに仕掛けた三つのうちの二箇所で、怒りと恐怖に荒れ狂う気配があった。

その一つにかかっていたのは、縞模様の消えたばかりの子どもの猪だった。

「なんや、ちんまい（小さい）のが捕れたな」

多十がのぞきこむと、猪は目を怒らせ、まだ生えていない牙で相手を突こうとした。そんな動作にもう、山の神様からもらった野性の力が感じられた。

それからもう一つの方には、

「なんやこれ、……野良犬がかかってしもたわ」多十が落胆の声をあげた。虎挟みのバネをゆるめると、大きい野良犬は脚をひきずりながら逃げていった。

「不作やな。やっぱり鉄砲使わんとあかん」と、伝次郎がぼやいた。

ぼくは、長い舌をたらして喘いでいる犬を見た瞬間、それが狼に見えて息をのんだ。無論すぐ勘違いに気づいたけれども、この時、ふと、これが狼だったらどうなるのだろうという疑問がおきた。

「伝次郎さん、この土地の猟師は狼には手を出さないっていったね」と、ぼくは聞いた。

「おう、そうや。これぱかりは、なんぼイギリスの隊長はんから頼まれてもな」

「それなんだけど……、鉄砲で撃たないっていうのはわかるけど、それなら、虎挟みは？　捕るつもりはなくても、仕掛けた罠に狼がかかったらまずいでしょう」

ぼくの聞いたことがよほど馬鹿げているように、多十が横から嘲笑した。

「あほんだら。狼が罠にかかるかいな」

何のことだ。あっけにとられたぼくに、耳助がのんびりと説明した。

「狼は賢いさかいな。危ないと見抜いて、罠には近づかんのや。絶対にかからんよ。そやから、猟師は安心して罠を仕掛けておるんや」

「へえ、そうなのか。罠にはかからないか」と、ぼくは感嘆した。すると伝次郎も、「狼の目の上にな、ひさしみたいな長い眉毛が生えとるの知ってるか?」手振りで眉毛が伸びている感じを出しながら、「あの眉毛に知恵が宿っておるんやで」といった。

へえ、狼というのがそんなに賢い生き物だとは知らなかった。猟師たちは何百年にもわたって獣を追いかけ、獣の習性や獣との付き合い方を学んできたのだな、という感想が頭を横切り、ぼくは蓄積された人生の知恵に少なからず感動をおぼえた。

しかしその時だ。せっかくのいい気持ちに水を差すように、脳のどこかに醒めた警告の声が聞こえた。

〈お前ってやつは、本当に単純なお人好しだな。もっとリアルに物事を見ろよ〉

その声は、なんだか鶴見のいい方に似ていた。ぼくは居眠りしていた人が肩に手を置かれたように、はっとした。お人好しからリアリストに切り替わるのはそう簡単でなかったけれど、鶴見が監視している気がして、ぼくは狼と罠の関係を考え直さざるを得なくなった。

——どんなに罠を仕掛けても、狼は賢いから掛からない、と耳助はいった。だが待てよ。罠に掛からないのは本当に狼が賢いからなのだろうか。ひょっとしたら、それは耳助たちが昔からの言い伝えを信じてそう思っているだけで、事実は、鶴見が昨日いったように、恐るべき狂犬病が狼を絶滅に追い込んで、もう罠にかかる個体がいなくなっているのではあるまいか。

ぼくにはどちらが正解なのかわからなかった。

多十が猪の脚を縛るのを待って皆が移動を始めたが、ぼくはそれにも気づかず、そこに立ったまま周りの山を見つめていた。そしてほとんど無意識に、息だけの声でつぶやいた。

「鶴見……。こんなに広い山なのに、本当にもう、狼が棲んでいないのかな」

すると、もうだいぶ遠くまで行っていた耳助が、ふり返って、こっちを見た。

「なんやて……」と耳助は、こちらへ届くように声をはりあげながら叫んだ。

「ここの山には狼みたいなもん、ぎょうさん（たくさん）おるで。夜中に遠吠えしよって、うるさいほどや」

耳助が一丁先の針の落ちる音も聞き逃さない聴き耳だということを忘れたわけではなかったが、実際にその集音機のような能力を見せつけられて、ぼくは度肝を抜かれた。

いや、それより、いま耳助がいったことばの内容だ。この山には狼がたくさんいて、遠吠えするといったのではなかったか。どういうことなんだろう。本気なのか冗談だったのか。ぼくには見当がつかなかった。

5

日が暮れると夜行性の動物が活動をはじめる。それを待って鉄砲で撃つことにして、それまでに一心洞の仕事場へ行って、多十が注文しておいた虎挟みをもらってくることにしようと、伝次郎がいった。

それで、また飛ぶような山歩きが始まった。

一心洞というのは、国見山の蛇洞沢《じゃぼらさわ》に住む打ち刃物師の名前であることが、伝次郎たちの話を聞いているうちにわかった。

一心洞は、人里離れた山の中で、真っ赤に灼《や》けた鉄を一心不乱に打っているらしい。

「打ち刃物師は、刀造りや。ほんまは虎挟みたいなもんは造らへんのやで。そやけど、わしと一心洞は、子どもの時分から同じ村で遊んで育った仲やからな、わしが口をきけば何でも造るわ」

伝次郎はこんなことを自慢そうにいった。

山の尾根道に出て、そこからどれだけ歩いたろうか。先頭の伝次郎が尾根を東へ下りる小道をたどりはじめ、ついていくと、すぐにわらじが水を吸って足元が滑りやすくなった。そこはかつて大きな崩落があった場所のようだった。緑の景色の中でここだけが土と岩を露出させ、水の滴りつづける崖や、風雨の浸蝕による洞窟を造り出していた。

「ここが蛇洞沢や。夏に来てみ、あたり一面、マムシがうようよ這いよるで。一心洞はマムシ捕りの名人やさ」

いいながら伝次郎は、うねるような地面の起伏を踏んで、こんなところにぽつんと一軒だけ建っている板葺き屋根の家の方へ近づいていく。

その家は二階建てではないが、中二階のような屋根裏部屋があった。

そう気づいたのは、べつにその家をよく観察したからというわけではない。屋根に近いあたりから、誰かに見られている感じがあったのだ。それで何げなくそっちを見上げると、そんな場所に明かり取りの窓があったのだった。

「おるかのう」

伝次郎は声をかけて、表が開けっ放しになっている鍛冶屋の仕事場へ入っていった。炉には火が燃えさかっており、火と鉄の匂いが息苦しいほど土間に立ち込めていた。

仕事場の壁ぎわに、砥石《といし》で刃物を研《と》いでいる男がいた。その男はぼくたちが入っていっても全然こちらを見ようとしない。伝次郎が、

「多十が使う虎挟みをもらいに寄ったんやが、もうできたかのう」と話しかけたが、見ればわかるというように、造りたての虎挟みが置いてある土間の隅へ黙ってあごをしゃくっただけで、まったく口を利こうとはしなかった。

ぼくは、そっと男の顔をうかがった。斜め横から見ただけなんだが、それでも、髪はぼうぼう、髭もながく伸び、目がぎょろりとした顔付きだということがわかった。まるで須佐之男命《すさのおのみこと》だ。

〈うわっ、これはすごい！〉と思い、ぼくは恐れをなした。だが幼なじみの伝次郎はいっこうに気にならないらしく、土間にあったむしろに腰をすえてくつろぎ、煙管で一服やりながら、ぼくにも座るように勧めた。

「こいつは、仕事してるときは、一言も物をいわんのや。昔から変わらんわ」

刃物を砥石にかけている一心洞を見ながら、伝次郎はいう。

「あんたが鍛えた鉈や鎌は切れ味が違うというて、遠方から求めにくる人もぎょうさんおるさかいなあ。忙しいわなあ」と、多十が機嫌をとるようにいった。

ぼくはその言葉がひっかかり、〈えっ?〉と思った。いくら一心洞が打った刃物が良いからといって、遠くからわざわざこんな山奥へ来る人間がいるとは信じられないじゃないか。町から二日も三日もかかるこんな所まで一体、どうやって買いにくるのだろう。それを聞くと、

「そりゃあ、自分では買いにこれんけどな。行ったついでに注文してきてやというて、仕事でここらを歩きよる衆に頼むのや」と、伝次郎がいった。

「仕事でここらを歩きよる衆?」

「わからんやつやな……」と、多十が人を見下したみたいに横からいった。「ここらは山伏がぎょうさん歩いてるところや。それに富山の薬売りとか、薬草取りとか、炭焼きとか猟師とか……、仕事で山を歩く衆はなんぼでもおるわ」

ああ、そういう知り合いに頼んで、このあたりを通るついでに注文してもらうということか。——でも、いくらついでにといっても、頼まれた人にすれば、わざわざ尾根まで登ってくるのは時間と労力が大変だろうと、ぼくは思った。しかし、こう思ったのも、ぼ

くが山のことを知らなかったせいらしい。

「山に馴れた衆というもんは、だれでも、山を歩くときは尾根へ登って尾根道伝いに歩くと決まったある。里の衆みたいに下の道を行くと、いつ崖崩れや鉄砲水に遭うか知れんよって危ない。尾根道を行く方がはるかに安心なもんや。覚えとけや」

多十は相変わらず偉そうにいったが、ぼくは〈なるほど〉と感心したので、多十のそんな態度にもべつに腹が立たなかった。

「なにせ、ここは里から遠いからな――」

こういうと、伝次郎はそこでことばを中断し、吸っていた煙管の火の玉を左のてのひらにポンと叩き出した。それから、右手に持った煙管に右手の指だけで器用に刻み煙草を詰めたが、その間、火の玉を左のてのひらの上でころころと転がしておいて、その火種で、やおらまた一服吸い付けた。その手が松の木の樹皮みたいにごわごわと頑丈で、火の玉なんかへっちゃらなことにぼくは驚き、自分もあいうすごい手になりたいと思った。

深々と煙を吐くと、伝次郎は、

「――注文にきた衆はたいがい、ここで一晩泊まっていくわ」と中断していたことばをつづけた。

「ここで、というのは、この家で、ということ？」

「ほかに家はあれへんやろ」と、また多十が口出しするのをおさえて、

「おお、天井は低いけど、二階部屋があって客が泊れるようになっとる。……多分、今日あたりも、だれぞ客が来とるんやなかろうか」

ぼくはそれを聞いて、さっき屋根近くの窓から誰かに見られている感じがあったことを思い出した。

そうか、あそこが客の泊まる屋根裏部屋だとすれば、誰か注文にきた客が、何げなく外でも見ていたのだろう。そうなんだ。

その間、一心洞は一心に仕事をしていたが、やがて刃物が研ぎ上がったらしい。刃の光をためつすがめつ点検してから、「ようし、でけた！」と、満足そうに太い声で吼《ほ》えた。それからこちらへやって来て、伝次郎と向かい合わせに、どすんとあぐらをかくと、

「伝よ、ええ時に来たのう。おまえが来なんだら、来るように呼びにいかせようと思うとったところじゃ」

「そりゃ何ぞあったか」

「おお、めずらしい男が来たさかい、おまえに会わせたいと思うてな」

「はて、誰かいな？」と、伝次郎は首をひねった。

「ほれ、房吉いう子どもがおったの覚えてるか……わしらと一緒によう遊んだが」

「房吉？　誰やったかいな、房吉……。ああ思い出した。昔、抱月楼の前で行き倒れになって死んだ女があった。その女が連れてた子どもや。抱月楼の女将が不憫《ふびん》がって、引き取って育てたんやったな。もう四十年も前の話か。……たしか、それから十年ほどして、十五、六になった頃には抱月楼で働いてたが、房吉はそれから黙ってどこぞへ行ってしもたんや」

伝次郎は記憶をたぐるようにいった。

「そうや、その房吉が今日来たんやわ。それも、えろう出世したらしゅうて、立派な身なりで、供まで連れてのう。……村を出て三十年近こう経っとるが、顔を見てすぐ房吉やとわかって、わしはほんまにびっくりしたわ」

一心洞は大きな目玉をさらに大きくした。

「へえ！……そんで何しに来たんや」伝次郎もつられるように大きな目になる。

「正宗も村正も及ばんほどの名刀を一振り、打ってくれんかいうのや」

「正宗も村正も及ばんほどの名刀を！」と叫んだのは伝次郎だけではない。多十も耳助も、そしてこのぼくまでが一緒に叫んでいたのだった。だってそうだろう。一心洞が打ち刃物師としてどれほどの腕前か知らないが、名工正宗や村正を持ち出して、その上をいけなんて、話が大きいというか、あんまり凄すぎるだろう。

「へえ！」と伝次郎は何度も首をふった。「房吉はえらい大物に出世したんやな」

「そんで、刀ができあがるまで、ここで待ついうんや。半月かかるか一と月かかるかわからんでというたんやけど、かまわんいうのや。どんだけかかろうとな……」

「……ふうん」

しばらく沈黙があった。思いがけない話を聞いて、みんな身体中の力が抜けてしまったみたいだった。

「それで――」と、やがて伝次郎が、上目使いに天井を見てためらいがちに聞いた。

「いま、何をしてはるんや、上で」

「長旅してきて疲れたよって、夕方まで横にならせてくれいうて、階上にいてるわ。――おまえもどうせ今日は泊まっていくのやろ。晩方になったら房吉と一緒に酒でも飲もやないか」

一心洞は夜になったら酒を飲もうといったが、猟師たちには、酒を飲むまえにしておかねばならないことがあった。辺りに夕闇が迫るころ、活動しはじめる獣を狙って、できるだけ成果を挙げておく必要があった。

伝次郎が腰をあげ、皆つづいて蛇洞沢の一心洞の仕事場を出たころには、冬の太陽が西吉野の連山のうえに落ちかかっていた。三人の猟師は素早い足取りで、ふたたび尾根をめざして登りはじめた。若いぼくでも相当こたえる勾配《こうばい》だが、猟師たちは息も切らさずにひょいひょいと登っていく。一体どういう身体をしているのかわからない。

そこから三十分ほど歩いたところが、伝次郎が選んでおいた狩場であった。そして、そこで行われた猟はやはり、ぼくが夢見ていたようなものではなかった。

次第に闇が濃くなる中で耳助が根気よく待ってから、かすかな音を聞き分け、村田銃の引き金を引く。それに伝次郎の銃声がつづく。そのたび、獣が跳び上がったり、横飛びに走りだす気配があった。弾丸が当たったのか逸《そ》れたのか、ぼくにはよくわからなかったけれども。

少しずつ場所を移動しながら猟は続けられたが、寒さのためばかりでなく、ぼくは心身ともに凍っていた。どう見ても、ここには猟師に闘いをいどむ強い獣などいそうになかった。弱い獣を標的にした猟だけが、恥ずかしげもなく進行していた。ぼくは喜び勇んでこんな所へやって来たことを後悔した。

〈昨日は最悪の赤口なのに、夕方から持ち直した。だから、今日はもっといい日だと思ったのに……〉

ぼくは口の中でぶつぶついった。そんな姿は、我ながら、みじめで愚痴っぽくてイヤだったけれど、本当にみじめだったのだから仕方がない。

〈今日は先勝だから、「午前は吉で午後は凶」なんだ。……そうか、午後からもう凶に入ってしまったんだ〉とがっかりしながら、ぼくは自分がうちのばあちゃんと同じ、六曜の暦にたよって生きている人間になってしまった気がした。

だが、凶運が巡ってきたのはぼくだけではなかったらしい。

しばらくすると、

「あかん。今日はシケや」と伝次郎が銃をおろして呟《つぶや》くのが聞こえた。「まるで当たらんな。何かが祟《たた》っとるみたいや」

「ほんまや。暗い夜や。やめたほうがええな」多十の声がざらついて聞こえた。すぐ間近で、ふくろうが人を脅かすような声を出して鳴きはじめた。

「一心洞のとこへ行て、酒でも飲もかい」

伝次郎がやけになったようにいい、用意してきた小さな角灯に火をいれた。ぼうっとかすかに足元を明るませる光を頼りに、三人が一列に歩きはじめる。

ぼくは一番後ろをついていきながら、今日はまるで当たらなかったという伝次郎のことばを、お守りのようにふところに抱いていた。弱い獣が殺戮《さつりく》を逃れることができたのだと思うと、冷えきった身体に少しずつ血がかよいはじめる気がした。

調子をそろえた足音が、たったたったたっ……と闇の中に響く。ぼくも遅れないように合わせて歩いていたが、そのうちにふと妙な錯覚におちこんでいった。夜の山を速足で歩いているのは自分たちだけでなく、周りの闇の中に、もっと大勢の人が集まってきて、一緒に蛇洞沢めざして歩いているような気がしはじめたのだ。

――そんなはずはない。こんな時間に、こんな場所に人が集まってくるわけがないじゃないか。気のせいだと思ってぼくは妄想を打ち消そうとした。それでも、周りの闇でみんなが息をはずませている気がした。伝次郎の足取りに遅れまいと急ぐ気配さえ濃厚に伝わってくるのである。

〈一体、だれなんだ？〉ぼくはゴクリと唾を呑み込んだ。樹々の間を冷たい風が吹いているのに、ひたいに汗がにじみ出てきた。

と、耳助が「見てみ」といった。

「右も、左も……。後ろのほうや」

いわれてななめ後ろへ振り返ったのだ。すると森のくさむらに、点々と光りながら動くものが見えた。

それが闇の中を移動する獣の目であることが、見た瞬間にわかった。ぼくたちを取り囲んで、獣の群れが音も立てず、素早い動きでついて来ているのだった。二十頭か、三十頭か……。あるいはもっと多いかも知れなかった。

「見たか？　狼やで」

「オ、オオカミ……？」声が裏返った。

「ゆうたやろ、ここらの山には狼みたいなもん、なんぼでもおるって」

耳助は速足をつづけながら、のんびりした声でいった。確かにそれは聞いたが、本当か冗談かわからなかったし、ましてこんな形で狼に出合う覚悟なんかできていなかった。

「襲ってくる……。はやく逃げないと」

ぼくは思わず駆け足になり、手を伸ばして耳助の背中を押そうとした。襲われたら最初に餌食になるのは最後尾にいるこのぼくなのだから。

「走ったらあかん」と耳助がこっちを見た。「走ったり、こけたりしたら、狼はすぐ跳びかかってきよる。走らな、だいじょぶや。……ええな、狼はただ送ってきよるだけやさかいな」まるで子どもに言い聞かせる口調だった。

では、これが話に聞く送り狼なのか。

昔の人が送り狼に出合った話は聞いているが、まさか自分がそれに遭《あ》うなんて信じられなかった。頭がくらくらして、夢を見ている気分に陥った。その不思議な感覚の中で、長距離電話をつなぐより早く、東京にいる鶴見を呼び出した。

——おい鶴見、すごいだろ。いま、何十頭という狼に囲まれて、森の中を歩いているんぞ。狼がこっちを見ている。……おまえは狼なんかもう生き残っていないだろうといったけど、ここにはこんなにたくさんの群れがいる。本当の狼だ。おまえにも見せてやりたいよ。……

ぼくはうわ言のように、心の中で鶴見に呼びかけた。多分、狼がそうしているであろうように、ぼくも舌をたらして喘《あえ》いだ。

ようやく蛇洞沢までもどったとき、山の上にかたちの崩れた遅い月がのぼってきた。くさむらを抜け、露出した岩肌を進んでくる狼たち一頭一頭の、粗い毛並みをもつ姿がはじめて月の光に浮かび上がった。ぼくは恐怖を忘れて、その見事な野性の姿に見とれた。狼はぴったりぼくたちを見つめて追尾してくるものの、一定の距離を保って、決して二十メートル以内には近づこうとしないのである。

一心洞の仕事場は表の戸が閉まっていた。伝次郎がその重い戸を開けて中に入った。そして、仕事場の奥へ向かって、

「おい、いてるか？　塩をくれ」と声をかけた。

「おう、……」

仕切りの板戸があいて、一心洞が顔を出した。

「なんや、狼か？」といいながら、そのあたりの棚から塩の壷を取って渡すと、伝次郎は壷に片手を突っ込んで思いきりたくさん塩をにぎった。

ぼくは伝次郎が表の戸のそとに、それを盛り塩の形に置くのを見ていた。送り狼には塩のお礼をするという言い伝えそのままだった。

月光の下で、一心洞の家を遠巻きに、三十頭を超える狼たちがこちらを見つめている。ぼくはまだ夢のつづきにいるようだった。

6

「夜歩きするると、きっと狼は出てくるのう。この山だけで五つや六つは群れがあるんやさ」

一心洞が戸の外をすかして見ながらいう。ランプのついた部屋の中にいたので外を暗く感じるらしい。

「そうやな。ここまで気張ってついてきよったわ。おおきに（ありがとう）いうてやると、塩を甜《な》めて、おとなしゅう帰っていきよる」

「きけた（疲れた）やろ。まあ上がって飲めや」

一心洞は、仕事場の向こうの板の間で、もう一杯やっていたらしい。

「おう」といって、伝次郎はわらじときゃはんを外し、足の土埃《ぼこり》をばたばたとはたいてから部屋へあがった。多十、耳助、ぼくも同じことをして後につづいた。そこは正面の壁に大きな神棚が祀ってあるだけの殺風景な部屋だったが、男が一人いた。

「房吉や」と一心洞がいった。

これが、正宗や村正も及ばぬ名刀を注文にきたという人物か。小さいころは抱月楼の女将に育ててもらう不幸な生い立ちだったが、村を出奔して三十年、大変な出世をして、お供まで連れて戻ってきたという話を思いだし、ぼくは好奇心いっぱいで房吉を見つめた。

房吉は、一心洞や伝次郎と同じ年頃だというが、ずんぐりした二人と違うやせぎすで、ここにいる全員があぐらなのに、一人だけ姿勢よく正座していた。

そして何よりもその服装が、現在の房吉の豊かな身の上を物語っていた。切れ長の目をして、見るからに立派な紋付きの着流しで座っているところは、芝居で見る旗本のようだった。髪はざんぎりだが、これを侍の髷《まげ》にしたらぴったりだろう。

もちろんこんな服装では山を歩けないから、蛇洞沢へ来た時は、山歩きに使う野袴を付けていたという。一心洞の話では、その野袴もとても高価な物だったそうだ。

「房吉はん、えろう出世しはったんやなあ」と、伝次郎が感嘆の声をあげた。「村を出てから、何をしてなはった」

聞かれた房吉は、口角の片方を上げるような笑い方をして、

「まあ、いろいろな」といった。

「まあ飲み」一心洞が房吉と伝次郎の茶碗に、どぼどぼと濁り酒をついだ。多十と耳助はもう一本の徳利の酒をたがいに注ぎ合っている。

そこへ一心洞の奥さんが食べ物を持って出てきて、板の間に置いた。

「なんもないで。今日は色御飯（五目御飯）にしたけど、めすりなますでも食べはるか」

「おおきに。わしの好物や」と多十がうれしそうに礼をいった。

「房吉はんいうたな」奥さんは客に呼びかけた。「お供も呼んで飲ませはったらええのに」

「いや、ええ。あいつは一人にしといてやるほうが気楽やわ。すまんけど、あとで飯を食べさせてやってくれるか」

房吉は静かにいった。

伝次郎が徳利をとって房吉に酒を注ぎながら、「えらい立派な刀を注文しはったそうやな。何でそんな立派な刀が要《い》るんや」と、少し酔いが回りはじめた口調で聞いた。

「ああ、それはな」と房吉が答えかけた時、茶碗から酒が溢れ、房吉の立派な着物の胸にかかった。

「あっ、これはすまんことをした……」伝次郎は狼狽して謝った。

「なんでもないわ」

房吉は懐中から畳んだ手ぬぐいを取り出して、酒で濡れた紋付きの紋のあたりを拭いた。何げなく見たぼくは、房吉の家の紋が、丸の中に瓢箪《ひょうたん》をひとつ描いた図柄であることに気づいた。

黒地に白い瓢箪の形が浮き出した家紋は、すっきりと美しかった。ぼくの家にも紋はあるが、それは子どもが一生懸命に書いたカタカナみたいに、左右の長さが同じになった「へ」の字なのである。「山形」といって、ばあちゃんにいわせると、山の形をとった由緒ある紋なのだそうだが、いかにも山国っぽいし、単純すぎる。まるでぼくの特徴を宣伝しているみたいじゃないか。

明治維新のあと武士がいなくなって、家紋のことをうるさくいう人は少なくなったけれど、それまで日本人は、いつも自分の一族の紋を得意げに見せびらかしながら歩いていたんだ。瓢箪や山の形をね。そう思うと、日本というのは本当に面白い国だ。ただぼくだったら、とても「へ」の字を見せびらかして歩く勇気はなかったろうけど。

ところで、めすりなますだ。

抱月楼での顔合わせの宴会で、じいさんが「都会の人の口には合わんやろで、めすりなますは出さへん」といったのを覚えている。それがどんな料理なのかわからないまま過ぎてしまったが、一心洞の奥さんがつくってくれためすりなますが目の前にあった。どんぶりの中を見ると、若鶏の肉の細切りを三杯酢に漬けたらしく、つん、と甘い酢の匂いがした。

箸を出して食べてみると、とてもうまい。抱月楼にもどったら、じいさんに、「都会の人の口に合わないなんてことはないよ」と教えたいぐらいだ。

皆が食べるのを見ながら、奥さんが、「夏はなんぼでも跳ねとるやが、今どきは土の中で眠っとるさかい、捕るのもひと苦労や」といった。そのことばで、若鶏だとばかり思っていたものが若鶏でないことがわかった。こいつは水掻きのある前足で丸い目をこするような動作をするので、「目すり」とか「目こすり」と呼ばれるのだそうだ。でもべつに、若鶏でないからどうということはない。ぼくもたくさん食べて満足したのだから。

やがて一心洞は、蛇洞沢のマムシを捕って焼酎に漬けたというマムシ酒を持ち出して、みんなにふるまいはじめた。

「マムシを捕るときはな――」と、一心洞はマムシ捕りの秘伝を語った。まず両足にぐるぐると幾重にも布を固く巻き付ける。分厚さが一寸にもなるように、足が完全に防御されるように巻いてやる。その準備ができたら、マムシがいそうな草原を一目散に突っ走るのだ。草の中にひそんでいたマムシはたちまち、鞭《むち》を飛ばしたように襲いかかってくる。足に巻いた布に噛みついて放さないから、そいつをぶら下げたまま、目茶目茶に走り回るのである。そうやって五匹も六匹も噛み付いたら占めたものだ。後は鎌首を押さえておいて、一匹ずつ食い込んでいる毒の牙をはずしていけばいいのだといい、一心洞は、「何の造作もないことだわ」と話を結んだ。

こういう話はぼくには面白かった。こういう話がぼくには面白いのだ。血沸き肉躍る思いに誘われた。一心洞の一言ひとことに山の野性が躍っていた。山とはこういうものなんだと、ぼくは深く思った。

第四章　消えた脱獄囚

1

翌日、猟師たちは、ぼくがまだ眠っている夜明け前から再び猟に出かけ、もどってきたのは昼過ぎだったが、獣はほとんど捕れなかったという。

「なんや知らん、山の神さんに見放されたらしいで」

伝次郎はげっそりと呟いて、ツキが放れたときはいくらねばっても無駄だから、いったん村へ引き上げるといった。

わずかな獲物をもって山を下る途中、当然といえば当然だが、猟師たちの顔は不機嫌だった。

「あんな房吉みたいなもんが、ふらっと三十年ぶりに現れるよって、調子が狂うたんや」

伝次郎は縁起かつぎらしく、そんなことをブツブツいった。

「ほんまや。ヘンなやつがおるとあきまへんな。ツキが逃げてくよって、やりにくいわ」多十もそういうと、わざとらしくこっちを見た。ヘンなやつというのが誰のことかちょっと混乱したけれど、ぼくは、

「でも房吉さんはなかなか立派な人だったな。態度が落ち着いていたしね。だから、あの人に会ったためにツキが落ちるということはないと思うけど……」といった。

たいていの大人は損得勘定の世界に生きているから、得をしたときは機嫌がいい代わりに、損をしたり、物事が思うように運ばないと一遍に機嫌がわるくなるんだ。皆いい大人なんだから、これほど露骨に態度を変えないぐらいの修行をしておいてくれないかと思うが、なかなかそうはいかないらしい。とにかくぼくは、気まずい思いをしながら山を下りたんだ。

鷲家口への一本道に出たとたん、伝次郎が立ち止まって、「はてな?」と左右を見まわしはじめた。大八車を用意して待っていてくれるはずの人夫が見当たらないというのである。人夫といっても、村人の日銭稼ぎで、猟師が獲物を背負って下りてくるのを待って、ここから村まで大八車を引いていくのだという。

「ま、今日は獲物が少《すく》のうけないよって、ええようなもんやが……何してんねん」

伝次郎はぶつぶついいながらも、小さい猪などわずかな獲物を腰にぶらさげたまま、鷲家口の集落の方へ歩きだした。

それから、ようやく集落が近づいたとき、なぜ人夫が大八車を用意して待っていなかったかがわかった。村人たちが道のあちこちに固まり、騒然とした気配がたちこめていた。何か大変なことが村に起きていたのだった。

抱月楼の前で、ぼくは一本道の向こうから土けむりをあげて駆けてくる中道警部補と市丸巡査を見た。

「警部補」と呼ぶと、「おお、ええとこへ……」という声があわただしく返ってきた。

「早よう中へ入れ。アンダーソン氏の部屋へ行くぞ。えらいことが起きたわ」

中道は何をいうひまも与えず、猟師からぼくを引き離し、階段を踏み鳴らして抱月楼の二階へ連れていった。

アンダーソンは本を読んでいたが、いきなり襖《ふすま》をあけて居間に入ってきた中道に目を丸くした。日本では誰でも遠慮なく人の部屋へ入っていくけれども、これは外国人に対してはとても失礼なことなんだ。アンダーソンは何かいおうとしたが、それより早く中道警部補が、

「ああよかった！　アンダーソン無事やったわ」といった。そして固くしていた身体の力を抜くのがわかった。その間に、市丸巡査は敏捷に次の間をのぞいたり、窓を開けて外を確認したりした。

「これは何事か」

アンダーソン氏は、本を閉じて机の上に置きながらいった。ぼくはアンダーソンが怒ると思ったが、意外に冷静な声だったのでほっとした。と同時に、何があったのか、「アンダーソン無事やったわ」とはどういう意味なのか、針のような疑問がぼくの全身をかけめぐった。

「鬼寅が、ここへ来とる」

中道警部補が一言いって、強く光る目でぼくを見た。見返すぼくの目も思わず大きく

なっていたに違いない。何ということだ、とぼくは思った。鬼寅たちは炭焼き小屋で人殺しをしたあと、けもの道をひた走りに走って、西吉野村から五条方面へと逃げていったのではなかったのか。もう鷲家口には現れないはずだったあの男たちが、どうしてここにいるのだ。全身に寒気が走った。手配書の人相書きで見たあのすさまじい顔が脳裏から立ち上がってきた。

「あいつらにハメられたわ。けもの道に着物なんか投げ込みやがって……。あれで西吉野村へ走ったと思い込ませたんや」

警部補がいった。裏をかかれた悔しさで声が煮えくり返っていた。——鬼寅たちは脱獄したあと、目に付く囚人服と着替えるために山寺で坊さんの衣を盗み、さらに材木問屋で山働きの男の仕事着を盗み、炭焼き小屋では小屋の主人を惨殺してその着物を盗んだ。こうして新しく変装するたびに、衣服が逃走経路を推定する手掛かりになってきた。それを思えば、中道警部補がけもの道に投げ込まれた着物で、脱獄囚は西吉野村へ逃走したと判断するのは当然だった。ただ、犯人はここで初めて騙《だま》しの手口を使ったのだ。西吉野村へは行ったと見せて行かなかった。

中道警部補はそれにひっかかった。後のことを五条町警察署に任せて、三輪町警察署がやっていた鷲家口の警備を解き、警察官たちをオオミワ神社のある三輪町へ帰してしまったのだから、今ごろになって鬼寅たちが鷲家口にいると知った中道の衝撃が大きいのは当然だった。

「でも、鬼寅がここに来たことが、どうしてわかったのです」

「何でわかったかて？　――ここの戸長の前川紀右衛門を殺しよったからや。一家五人を皆殺しにした上、今まで着ておったものを脱いでいきよった。こんなむごいことが二日前に行われたのに、今日まで誰も知らんと過ぎとったんやな。手口は炭焼き小屋と同じ撲殺や。屋敷に侵入し、寝込みを襲ったんや」

中道がこういったとき、ぼくは抱月楼の宴会で見た恰幅のいい紀右衛門の姿を思い出していた。その人物があっけなく殺されたという事実が信じられない。何ということだ。――炭焼き小屋では一人、今度は一家五人。脱獄囚はあきらかに凶暴化しているではないか。しかも西洋人を狙って攘夷の白刃をふるうという最初の話と違い、日本人を襲うようになっているではないか。一体、わずかな間のこの変化は何だろう。

「あいつらがこの村に来たんなら、しゃあない」中道は、ふうっと長い息をはいた。

「――なんとか見つけんとな」

2

今、この村で人殺し騒ぎと関係ないのはアンダーソンだけだった。その頭には狼のことしかなかった。不誠実な助手になったぼくが、二回目の猟でも狼が見つからなかったことを報告すると、アンダーソンは「オーマイゴッド！」と叫んで、その失敗がぼくのせいであるかのように、憎悪のこもった鋭い視線でぼくの目玉を刺しつらぬいた。

ついでにいうのだけれど、ぼくはアンダーソンを悪い人間だと思っているわけではない。情熱と勇気があるし、頭も良さそうで、その点では尊敬にあたいする人物だ。だけど西洋人というのは皆そうなのかも知れないが、何事も計画どおりに運ぶことだけを考えていて、人間らしいのんびりした気持ちに欠けているような気がして仕方がないんだ。今だって狼が捕れなくて腹を立てるのはわからなくもないけど、問題はその目付きだ。何も青いガラス玉そっくりの冷酷な目でにらむことはないんじゃないか。ぼくは蛇ににらまれた蛙のようにびっくりして縮こまってしまった。

だが、アンダーソンは気を取り直した。ふうっと大きく息をはいてから、自分の熱意を助手に注入しようとするように、一語一語はっきりと区切りながらいった。

「ハンターにもっとがんばってもらってくれ。チャンスはある。この山地には間違いなく多くの狼が生息しているはずだ」

アンダーソンが獲物の買い上げに当てた時間は十日間だが、そのうちの五日はもう過ぎ去った。山に二日行き、村にもどって一日休むという猟師の行動習性を考えると、アンダーソンのいうチャンスはあと一回しか残っていない。その残りの時間が、あっという間に過ぎてしまうのか、それともカタツムリがはうようにじれったく進むのか、ぼくにはまだ見当がつかなかった。

「イエス、サー」といって、ぼくは居心地のわるい部屋から逃げてきた。どっちにしろ、狼が捕れないという幕切れだけははっきりしているのだから、アンダーソンが執念を見せれば見せるほどぼくの居心地のわるさはつのるのだ。

それにしても抱月楼の中の暗さは、何とかならないだろうか。日暮れにはまだ間があるのに、家中がすでに夜のようだった。

旅館の中がこんなに暗いのは、鬼寅たちの侵入を防ぐため、中道警部補が女将にいいつけて建物の雨戸をすべて閉めさせたからである。ランプの灯はついているが、それは部屋を明るくするというよりは、物陰の暗さをいっそう引き立てている気がした。

アンダーソン氏の部屋の前の廊下では、六尺棒を手にした市丸巡査が張り番をし、ぼくが通るのにもピリピリした鋭い視線をとばしてきた。

こんな厳重な警備の理由を、中道警部補は「村のもめごとで、戸長を殺して逃げた者がおるので、捕らえるまで念のため警戒します」という、いかにもありそうな事件に置き換えて説明し、アンダーソンに自分は関係ないことだと思わせることに成功した。

ぼくは落ち着かずに部屋を出たり入ったりしていたが、何度目かに階下に下りたとき、帳場にいる女将を見て中へ入っていった。

「おや、お客はん。お茶でもおあがりなはるか」

女将は座ったまま大柄な身体を少し移動させて、ぼくが座る場所をつくってくれた。

ぼくは大人の人を見ても、その人が何歳なのか全然わからない。男でも女でも三十代から上の人はみんな一律に、おじさん、おばさんと思うだけだ。そしてとくに女の人の年齢は見当もつかない。

抱月楼の女将も、最初きれいに化粧して大広間の宴会に現れたとき、もしどうしても年齢を当ててみろといわれたら、多分ぼくは三十歳ぐらいといっただろう。だが、女将が宿の主人であるじいさんの奥さんだとわかったので、若く見えるけど四十を過ぎているのだろうと思った。そうしたら今度は、この女将が四十年くらい前に、抱月楼の前で行き倒れになって死んだ女の房吉という子どもを、不憫に思って引き取って育てたという話を聞いたのである。

それで、ぼくは帳場で女将の隣に座ると、女将の肉の付いた大きな顔をそれとなく観察してみた。すると遠くから見ると若いけれど、よく見ると彼女は十分に年をとっていて、それで四十年前に房吉を育てたということがようやく納得できた。

ぼくは房吉に会ったことを話そうと思って、帳場に入っていったのだが、女将がその子どものことを覚えているかどうかはわからなかった。それでぼくは遠回しにこの話題に入った。まず行き倒れの女のことだ。

「女将さん。昔、一本道を歩いてきて、この家の前で倒れて死んでしまった女の人がいたでしょう」

「え、……藪から棒に、けったいなことを」

女将はあきれたようにぼくを見た。

「覚えてませんか、死んじゃった人」

「葬式《そうれん》の話でっか？　難儀ですなあ」

「そうじゃなく、房吉っていう子どもを連れた女の人なんだけどなあ……」

やっぱり時間がたちすぎていたのだ。いま明治三十八年だから、四十年前といえばまだ江戸時代じゃないか。幕末の慶応年間か何かだ。はじめて年号を計算してみてぼくはその古さにびっくりした。江戸時代生まれの人間なんてうちのばあちゃんぐらいだと思っていたから、本当に意外な気がした。それでは女将の記憶がないのも当然だと思った時だった。

「え、房吉かいな？」と、女将がいきなり音階を踏み外した声をあげた。

「知ってますわ。……でもお客はん、その女のお人はうちの前で死んだんと違いますがな。房吉のお母はんは病気なのに無理して鷲家口まで訪ねて来はったのです。そしたらもう動けんようになって、五日か六日で亡うならはったんやわなあ」

女将は覚えていた。それも、一心洞や伝次郎が行き倒れだといっていた女の人についての間違いを訂正するほど正確に覚えていた。

「わては十八で抱月楼に嫁いできて、あれはまだ二年目のことでしたわ。四つ五つの男の子を残して亡くなられて、ほんまに難渋したけど、主人がこれも何かの縁や、面倒見なしょうないというて、房吉をうちで育てることにしましたんや」

女将は当時の情景を思い出すようなまなざしをした。ぼくは房吉はこの女将に出会ってよかったと思った。そうでなければ幕末なんていう疾風怒濤の時代に、親を亡くした幼い子どもが山の中でどうなったかわからない。

「それで——」と、ぼくはひとつ気になっていたことを尋ねた。

「房吉のお父さんはどうしたんですか。迎えにこなかった？」

「いえ、それがややこしい話ですのや。——わたしが嫁いできた年に、天誅組《てんちゅう》のお侍が徒党を組んで京都から大和へ来はりました。そして、大和の藩のお侍衆と斬り合いをしやはったんや。いっときは良かったんやけど、天誅組はそのうちに旗色が悪うなって、五条から鷲家口へ逃げてきましてなあ……」

房吉のお父さんのことをひとまず置いといて、女将は尊王攘夷の過激派だった天誅組の戦いの場面を語りはじめた。天誅組が政情の変化を見通せずに自滅していった成り行きは、ぼくだって歴史の授業で習ったから大体のことは知っている。ただ女将の話は、その出来事を本で読んだのではなく、自分のすぐ周りで起きたことだというところが凄かった。

「天誅組の大将の吉村寅太郎というお人は、鷲家口で斬り死にしやはりました。あとはもう、ちりぢりばらばらですわ。――その騒動がようやく収まった次の年でしたな、房吉を連れた奥さんが訪ねて来なはったのは……。奥さんはこういいなはった。――自分は京都に住み、天誅組大将の吉村寅太郎との間に子までもうけた者でございますが、このたび、寅太郎が最後を遂げた地をたずねて、息子の房吉に父の立派な生き方を教えたいと念願して遠路をはるばるやって参りました、てな。すぐに病気で亡くならはったけど、ほんまに気丈な、しっかりしたお人でしたわ」

女将はあごを着物の衿《えり》にうずめて、しみじみと遠い日を思い出すようだった。

ぼくは思いがけない話の展開に驚いた。女将の話だと、ぼくが蛇洞沢の一心洞の家で会った房吉は、天誅組吉村寅太郎の遺児ということになる。

〈でも、そういえば、世が世なら立派な侍の姿が似合いそうな人だったな〉と、ぼくは新しい紋付きの着物を着ていた房吉を思い出した。

「房吉さんは十四、五歳まで女将さんに育ててもらったのに、その後、急にどこかへ行ってしまったと聞いたけど」

「よう御存じやこと。だれが話したんかいなあ」

「それから会ったことはあるんですか、房吉さんと」

「梨のつぶてですわ。一度もありませんわ。どないしとりますんやろ」

女将が懐かしそうに目をしばたたくのを見て、

「女将さん」と、ぼくは重大なことを発表する時のおごそかな口調になった。

「驚いてはいけませんよ。ぼくは昨日、その房吉さんと一心洞で会いました。お供を連れ歩く身分に出世して、正宗のような名刀を注文に来たのだそうです」

「え、ほんまですか」

女将は小さく叫んだかと思うと、みるみる目に涙をうかべて呟いた。「……房吉は無事に暮らしとったんやなあ。……よかったわ。ほんまによかったわ」

女将が心から房吉のことを思っていることは疑う余地がなかった。こんなに優しい育ての親なのに、なぜ房吉は、こんな近くまで来ながら、女将には会いにこないのだろうと、ぼくは思った。はてな、と思うとすぐ聞かずにいられないのがぼくの性格だから、ぼくは無論その疑問を女将にぶつけた。

「ああ、あの子は変わったところがあってなあ」と、女将はほのかに微笑を浮かべながらいうのだ。

それは多分、房吉を四つか五つまで育てた生みの母の教育のせいだろうと女将はいうのだが、鷲家口にいたときの房吉は、自分の父親が尊王攘夷の大義に生きた、この上なく立派な人物だと信じて疑わない子どもであった。

「そやから、子どもらしい無邪気なところが無《の》うてな。何か思い詰めたみたいな、こわい感じがありましたわ。わてもまだ二十歳をいくつも出てない齢だったさかい、うまく育てられへんとこもあったろうしな。……それでも何とか普通の子にしたい思たんですが、房吉にすると、それがイヤやったんと違いますか。あの子は、お父さんを手本にして、お父さんみたいになりたかったのやから……。ま、この子はいつまでもこんな山の中にはおらんやろ。いずれこの子はこの土地を出て行くわ。出て行ったらもう振り向きもせんやろということはわかってました。そのほうがこの子にはええんやと、わても自分にいい聞かせてましたわなあ。それにしても、今は立派になってると聞いて、ほんまに安心しました」

そういうと女将は、たもとから襦袢《じゅばん》の袖をひっぱりだして目をぬぐった。――

ぼくはいい知らせができたことに満足して部屋にもどった。

ところが良いことは続かない。何げなく襖をあけた瞬間、誰もいるはずのない部屋の中に人影が動いたのを見て、ぼくはトゲを逆立てたヤマアラシのようにその場に立ちすくんた。どこから入ったんだ。ついにあいつがやってきたのだ。

鬼寅は床柱にもたれて腰を落としている。その姿が黒い影になって浮かんでいた。一秒か二秒の短いあいだ、乱打する心臓の音だけが聞こえていた。

「遅かったな」鬼寅がいった。

そして背後の床の間にあったランプを取って、前の座敷机に置いた。光が男の顔を照らした。

「警部補――」ぼくはほっとすると同時に、気が抜けてそこへ座り込んだ。人の部屋に無断で入り込むのは本当にやめてほしい。

「女将と何を長話しとったんや。楽しそうに」

中道警部補は冗談めかしていったが、本当はぼくが帰ってくるのをイライラしながら待っていたことがわかった。その証拠に目が笑っていなかった。

「何か用でも」とぼくは聞いた。

「戸長一家殺しのことで、ちょっとわからんことがある。それで、あんたが猟師衆と山へ行き来した一本道で、誰か人に遇《あ》わなかったかどうか知りたいんや」

中道は踏み込むようにして聞いた。

一本道で人に遇ったただろうか。ぼくは記憶を確かめた。山へ行ったときはまだ真っ暗で、だれにも遇っていない。人が出歩くような時間ではなかったのだ。もどって来たときはどうだったろう。昼間だったから人に遇ってもおかしくないのに、白い牙になって水が落ちてくる場所から集落付近まで、やはり誰にも遇わなかった気がする。村に近づくと、人が大勢出て騒いでいるのが見えてきたのだが――。

「なるほどな」と中道はうなずいた。「村の人が鍬《くわ》でもかついで歩いておったら、つい見落とすいうことはあるけど、見馴れん服装のよそ者がおればイヤでも目につく。――そのはずなんやが」

そういわれても、何が「そのはず」なのかわからなかった。中道がそのまま考え込んでしまったので、ぼくも付き合って黙っていた。そのうちに何かいうだろうと思っていたんだ。そうしたらやっぱり、針金みたいにまっすぐだった口が開いた。

「やつら、人の家に忍び込んでは毎回着替えをしてるやろ。それも、警察の目をあざむくための衣裳を選んで着替えてるわ。……そやから、前川紀右衛門の屋敷で盗んだ衣裳も、これから先を考えて、逃げやすいもんを選んでるはずなんや」

中道警部補は、将棋指しが一手一手相手を追い詰める時みたいに、慎重に手筋を読んでいた。

しかし、中道のこのことばを聞いたとき、ぼくは自分がまったく単純な思い違いをしていたことに気づいた。いうのも恥ずかしいが、ぼくは鬼寅がアンダーソンを襲いにくることばかり考えていたせいで、鬼寅たちはアンダーソンのいる鷲家口まで来たら双六《すごろく》の上がりで、もうそこから先はどこへも行かないような錯覚に陥っていたのである。脱獄囚であるかぎり、彼らはどこまでも逃げつづけなくてはならないのだったが。

「そうか、戸長さんの屋敷でもやっぱり、着るものが盗られていたのですね」

間の抜けたせりふだったが、思い違いから醒めたばかりのぼくとしては、こういうしかなかった。

「おお、屋敷で長年働いとる女中が、新調したばっかの紀右衛門の着物が無うなっとると証言したわ。鬼寅はそれを着たら逃げやすいと思たんやろな」

「今度も、着物と逃げやすい経路との関係があるんだ。……で、警部補はどう推理しているんですか」

「それがわからんから困っとるんやないか」と、中道は腹を立てたようにいった。「あんなもん着てどこへ行くつもりか、見当もつかん」

あんなもんと中道警部補はいった。よほど変なものなのだろうか。「あんなもん」って何だ。

「おお、ほんまに変なもんを盗って行きよったよ。前川家の紋のはいった紋付きや。婚礼にでも行きよるつもりかいな」

ぼくがどれくらいびっくりしたかわかるだろう。でも世の中にはまったくの偶然ということもある。ぼくはできるだけ心を落ち着けて、こう聞いた。

「それで、前川家の紋って、どんな図柄？　……ほら、山形とか瓢箪とか、いろいろあるけど」

「おお、その瓢箪や。――ひとつ瓢箪いう呼び名らしいな」

あまり簡単に家紋が符合したので、ぼくは呆然としてしまった。これはどういうことなんだ。どすんと衝撃がきたので、当分立ち直れそうもなかった。

「昨日、その紋付きを着た男に遇った……」とぼくはいった。自分でもわかるほど声が震え、抑揚がおかしかった。

3

次の日は猟師たちの休日だ。

伝次郎も、多十、耳助もまだぐっすり眠っているだろう。

だがぼくは暗いうちから市丸巡査に呼び起こされ、眠い目をこすりながら階下へ下りていくと、中道警部補がいつでも出発できる格好で、ロビーで待っていた。

「寝坊したらあかんていうといたがな。道案内がしっかりせな、どうにもならんで」

朝の挨拶代わりの軽口なのかも知れないが、警部補のことばはぼくには結構きつく響いた。これが弁当をもって遠足に行くとでもいうのなら、そりゃあ早起きも楽しいだろうさ。だけどそうじゃない。鬼寅が前川紀右衛門を殺し、盗んだ紀右衛門の紋付きを着て蛇洞沢の一心洞の家に潜伏していることがわかったので、市丸巡査と二人で逮捕に向かう、ついては一心洞の家を知っているあんたが道案内をしてくれ、といわれたんだから、できることならいつまでも布団から出たくないと思うのが当然じゃないか。

中道は逮捕といったけれど、鬼寅は人斬りが得意なのだ。そのうえ、矢之吉という味方もついている。いっては悪いが、田舎の警察官が二人で出かけたぐらいでどうにかなる相手ではないだろう。斬り合いになって、中道と市丸巡査がやられてしまったら、このぼくはどうなるのだ――。

ぼくはあれこれ考えたけれど、中道は有無をいわせなかった。ぼくにイヤだという隙など与えなかったのである。結局ぼくは先日猟師についていった道順を、今度は二人の警察官を連れてたどることになった。

「おう、あんた結構足が速いんやねえ。東京の学生は、学問はできても、身体は弱いやろな思てたけど」

山の急斜面を登りはじめてしばらくすると、中道は後ろからこんなことをいった。しかしそういう中道自身なかなかの健脚だった。若い市丸巡査でさえついてくるのがやっとで、ぜいぜい喉を鳴らしているというのに、三十代の警部補のほうが、後ろから独り言をいいながら登ってくるのだった。

「紋付きを着て、刀鍛冶のとこへ行きよったか――」と中道はいう。それから、またしばらくして、「正宗も村正も及ばんほどの名刀を打ってくれというたか――」といった。

どうやら警部補の頭の中では、いろんな考えが浮上したり消されたりしながら、いそがしく動いているらしかった。

「紋付きとは、思わんとこに目ェをつけよったもんや」と呟いたのは、ちょうどぼくたちが、落雷をうけて燃えた倒木の近くまで来たときであった。

先日、猟師たちとここで朝の食事をしたことを思いだし、ぼくは、「ちょっと休憩しませんか」といった。それから辺りの枯れ葉や枯れ枝を集めて手早く焚き火をつくった。それが耳助の真似だとは知らない中道は、「ほう、気が利くやないか」と感心したが、ぼくは霞網《かすみあみ》さえ持っていたら、多十がやったように椋鳥《ムクドリ》でも捕って二人にたらふく食べさせてやりたいところだった。

「なんで鬼寅は紋付きを着たのかな——」

炎に手をかざしながら、ぼくはひとりごとのようにいった。

「あんたは、なんでや思う?」

「えっ、なんでやといわれても……一番高価な着物だから……というわけでもないだろうし……」

「紋付き着たら立派に見えるわな」

「それはそうだけど」

「ええか、わしはこう思うのや」

中道が強く光る目をこっちに向けた。警部補、何かつかんだなという感じがあった。

「一心洞へは、遠くから注文に来る人がおるそうやな。それは、大和の蛇洞沢に一心洞という刀匠がいてることが、よう知れ渡ってる証拠や。そんなら、鬼寅がどこぞでそれを聞いて知っとっても不思議はない。そやから鬼寅は、次の逃亡先を、深山の一軒家で人目につく心配のない蛇洞沢の一心洞の家と決めたんやろ。鬼寅としてはなるべく長い間、ここに隠れていたい。そこで正宗も村正も及ばん名刀をと注文するわけや。できあがるまで、ここに滞在させてもらうというてな。そうなれば鬼寅の思う壷だ。――どや、ここまでの話はわかるか？」

ぼくは黙ったまま大きくうなずいた。

「さて、一心洞に金持ちの上客が来たと思い込ませるには、身なり態度をそれらしくせなあかん。それで紀右衛門の紋付きを着て、矢之吉をお供ということにして訪ねていったのだろう」

鬼寅は本当に頭の回るやつだ。紀右衛門の紋付きを盗んだのはそういうわけだったのかと、ぼくは警部補の推理に感心した。

「鬼寅なんていってるけど、これは自称で、鬼寅の本名は房吉ですね。一心洞と房吉は幼なじみだった。このあたりはどうなんだろう。鬼寅は一心洞が自分の幼なじみであることを知っていて訪ねていったのかどうか」

「そこは判断の難しいとこやで」と、中道は炎を見据えた。

「ただな、二人は三十年も会うておらへんねん。ましてその間、房吉が他の知り合いとも付き合ってなかったとなれば、互いがどんな大人になっとるか知らんのがまず普通や。多分そこは思いがけん偶然だったと思うわ。——けど、鬼寅に誤算があったとすれば、訪ねてきたのがどこかの金持ちでは無《の》うて、昔の房吉やないかと一心洞に見破られたことやな。これによって、本名も本籍も不詳だった鬼寅が素性をさらけ出しにしたんやからな」

しばらくしてから、ぼくたちは焚き火を踏み消し、再び歩きだした。しかし、国見山の尾根道にはい上がり、やがて蛇洞沢が近づいてくるころから、ぼくは気が進まなくなった。急に歩く速度が落ちたので、

「どうしたんや」と、中道が後ろからぼくをつついた。

それでぼくは本当に立ち止まってしまった。

「この先に、ほら、地滑りで尾根がやせているところが見えるでしょう。あそこから、がれを下りていったらもう、蛇洞沢ですよ。一心洞の家もすぐに見えてくるし、迷うことはないから――」ぼくがいいかけると、

「何をぐちゃぐちゃいいよんねん。早よ行かんかいな」と、中道は背中を邪険に押した。

「いや、ぼくは道案内に来たのだから、もうこれで十分役に立ったでしょう。もうここから帰る。……後はぼくがいても役に立たないから」

「何んや、臆病風に吹かれてびびったんかい。いやいや、役に立たんことはないで――。相手は二人、こっちは案山子《かかし》だろうと何だろうと、二人よりは三人のほうがええからな」

中道は人の心をずたずたに傷つけるようなことを平然といった。どういう男なんだ一体。――そりゃあ、斬り合いにでもなったら、ぼくは案山子より役に立たないだろう。授業で剣道ぐらいはやったけれど、いくらぼくらがどたばた駆け回って撃ち込んでも、剣道部の選手がすっすっと動いて軽く竹刀を振ると、それがびしびしと面白いぐらいにこっちの面や小手に決まるんだ。たかが高等学校の剣道部員でさえこうなんだから、尊王攘夷の人斬り男が日本刀を振り上げたら、ぼくが真っ向唐竹割りになることは間違いない。

それは本当のことだから、ぼくはべつに案山子といわれて傷ついたわけではなかった。そうではなくて、問題は、「臆病風に吹かれてびびったんかい」のほうだ。

男にとって最大の侮辱は、臆病、卑怯といわれることだ。そんなことは日本に歴史が始まって以来の常識だろう。うっかりにしろ意図的にしろ、人に「臆病者」とか「卑怯者」といったために、血を見ることになった例は、歴史上数え切れないほど多い。ぼくもほとんど逆上して、無礼な中道に決闘を申し込もうかという気になりかけたけれども、大体この男は無神経で柄が悪いがそれほどの悪気はないのだと考えてようやく自制した。そして、その代わりに、ぼくが臆病でもなければ、びびってもいないところを見せてやろうじゃないかと思ったのだ。

「それなら、一緒に行こう」と、ぼくは勇気のある若者らしく叫んだ。「こっちだ。ついて来なさい」

4

蛇洞沢へ下りて、一心洞の家へ歩いていく途中で、ぼくはまた、その家の屋根ひさしの下にある窓から誰かに見られているのを感じた。その視線にただ見られているのでなく、何かじっとりした生き物の舌で甜《な》められているようなイヤな気持ちがするのはどういうことだろう。

ふと気がつくと、中道警部補の光る目がその窓を見上げていた。が警部補は何もいわず、家の前に歩きながら、はじめて、

「ええか、わしに任せとき。普通にしとったらええ」と低くいった。

昼間だから打ち刃物の仕事場は表が開け放たれている。掛け小屋のように造られた入り口から、中道は鉄の匂いのする土間に入った。

「一心洞はん、おいでかのう」

中道は、のんきそうに声をかけた。

奥から顔をのぞかせたのは、先日会った一心洞の奥さんだ。

「へえ」と中道を見てから、横にいるぼくに気づいて、「あれ、この前の……」といった。

ぼくがおじぎすると同時に、

「おお、この学生はんな。……この人がここをご存じで、できたらもういっぺん行きたい言わはるので、案内してもらいがてら一緒に来たのやわ」

中道はすかさず、もっともらしいことをいって笑った。

「ああ、そうだすか。で、あんさんはなんのご用でしたやろ」

「ちょっとお願いがあって参ったんやが、一心洞はんはお内やろか」

「それは生憎《あいにく》だしたなあ、刀造りの材料の玉鋼《たまはがね》を仕入れてくるいうて、昨日から五条へ行っとるよってになあ。帰りは明日になりますやろ」

「はあ、そりゃ日を選ばずに鈍《どん》なことしたわ。しかしまあ仕様ない。――実はわしら、山師でな、年がら年中、鉱脈のありそうな山を探して歩いとるんやが、こっちの山へ来るについて、大けな鉱山の社長はんから、『一心洞へ行て、特別上等の刀を造ってもらうよう頼んできてくれ。家宝にしたいさかい』いうて頼まれてましたんや。それでじかにお会いして、細かいとこまで打ち合わせてくるよういわれてましてなあ。……なら仕様ない。一心洞はんのお帰りまで待たせてもらいますわ。わしら忙しい身体やから、こうして足止めくうのはかなわんのやけどな」

中道は適当にぼやきながら、あっという間に、ここにいるための嘘をつくりあげてしまった。それがいかに天才的な嘘だったかは、みるみる一心洞の奥さんの顔が輝いてきたことでもわかるだろう。

「あ、そうだすか！　そんなら上で泊まって待ってもらえますやろか。ほんまに留守してすんまへんな。ほかに二人、泊まってはる方があるけど、仕切りを立てますよってな」

前にもいったが、中道は頭を角刈りにし、引き締まった身体に厚司の半天、地下足袋姿で、背中に何か道具をいれた風呂敷包みを斜めにしょっている。市丸巡査も同じ格好だから、二人が鉱脈をさがして歩いている山師なのだといえば、その格好からだれでもそう信じ込むに違いなかった。

仕事場の隅に梯子のように急な階段があった。

奥さんについて登ると、客が泊まる屋根裏部屋は、六畳をふたつ縦につなげたほどの殺風景な細長い空間だった。明かり取りの窓が奥の方にひとつだけついており、窓の下で二人の男が将棋を指していた。

「相部屋お願いしますわ」

奥さんが声をかけたとき、二人は素早くこちらへ視線を走らせた。一人は忘れもしない、この前この家で見た房吉だった。いや、鬼寅こと房吉というのが正しい呼び方なのだろう。鬼寅はこの前と同じ紋付きを着て、将棋盤を前に端然と正座をしていた。

そしてもう一人。こちらははじめて見る顔だったけれども、いつか中道が持っていた手配書の似顔にそっくりだった。のっぺりした白い顔、細い目。まぎれもなく矢之吉だった。その細い目のなかで黒目がこちらへ動いたとき、なめくじがぐにゃりと身をくねらせたような印象があった。窓からの視線は確かにこの目だった。立てたひざの間にあごをうずめるように座った姿勢に、ひねくれ者の感じがにじみ出ていた。

奥さんは、部屋の隅にあった桜の一枚板の衝立を部屋の真ん中に運んできて、先客とぼくたちの間に仕切りをつくってから階下へおりていった。無論それは完全な仕切りではなく、横からいくらでも向こうの様子を見ることはできるのだが、それは、仕切ってあるから左右は別の部屋になるという一応の約束事だった。

「市はん、一心洞が留守とは思わへんかったなあ。こりゃあ困ったで」

中道警部補はあぐらをかいて座り、鬼寅たちが聞き耳を立てているのを承知で、市丸巡査に話しかけた。

「はあ、困りましたなあ」

市はんと呼ばれた市丸巡査も調子を合わせたが、山師にしては口調が固すぎる。警察官の正体がばれるのではないかとぼくはひやひやした。警部補もそれを感じたのか、市丸巡査のほうはそれだけにして、今度はぼくにいった。

「学生はん。今、下で一心洞の奥さんがいうとったな。この前あんたがここで会うたお客はんが、まだ滞在していやはるて……。そちらの部屋にいやはるんが、そのお人と違うかな」

下で奥さんはそんなことをいわなかったが、中道は強引に虚構の世界を創りあげてくる。こうなれば、あうんの呼吸でいくしかなかった。

「そうです」というなり、ぼくは一枚板の大きな衝立の横から身体を出して、「こんにちは、ぼくを覚えていますか」と、思いきり元気に鬼寅に話しかけた。

実をいうと、やってしまってから、ひやっとしたんだ。どうしてかというと、このまえ会ったときのぼくは、この人物を房吉という少年の出世した姿だとばかり思っていて、夢にも鬼寅と同一人物だとは知らなかったんだ。だからその人が同じ紋付きを着てそこにいるのを見たとき、鬼寅の存在が消えて、房吉の出世した姿の人にもう一度会ったという感覚になってしまった。こういうところがぼくの単純なところなんだけどね。

そんな錯覚がおきたにしろ、あの恐るべき鬼寅に向かって気楽にあいさつするなんて、自分でもやったことが信じられなかった。

ところが信じられないことはまだ続いた。

「ああ、よう覚えてるよ。猟師の伝次郎と一緒やったな。あんた、また来たんか」

鬼寅がそう返事して、片方の口角を上げるような笑い方をしたのだ。

その時、ぼくは頭がくらくらした。なぜって、いま返事したのはどう見ても房吉であって鬼寅には見えなかったからだ。じゃあ鬼寅とはどんな顔をした、どんな人間か知っているのかと詰め寄られても困るけれど、ぼくの知っている鬼寅とはつまり、手配書の人相書きに描かれていたあの似顔だった。

今でもはっきり覚えているが、眉間には縦じわがきざまれ、頬骨がでて、不精髭におおわれた口元はへの字にひん曲がっていた。そして切れ長につりあがった目には狂気がやどっていた。一目見ただけで人を恐怖におとしいれるあの顔こそ、鬼寅のものだった。

しかし、いまここに瓢箪の紋付きを着て端然と座っている人物は、面長な顔の輪郭、特徴ある切れ長の大きな目だけはあの人相書きと似ていなくもないが、表情がおだやかで、こちらへ向けるまなざしも明るく、人相書きが陰なら、本物は陽で、どうしてもあの鬼寅と同一人物とは信じられない気がするのである。

ぼくがこうして戸惑っていることに中道警部補は気がつかなかった。いや、それどころか、ぼくが鬼寅と話をしたのを作戦だと思って、〈よう、やりおった〉と、部下をほめるように小躍りして喜んでいる感じが伝わってきた。彼はこの機会を逃さなかった。

「何や、あんたら親しい仲やないか」中道は笑いながらいう。「ほな、この衝立みたいなもん、無《の》うてもええくらいのもんやな。旅は道連れというし、袖すり合うも他生の縁てなこともいうで。同じ部屋に泊まりあわせたのも何かの縁や。よろしく頼みますわ」

「いや、こちらこそ」と鬼寅は軽く会釈した。

「ほう、あんたら将棋してなはったのか。わたしも将棋は好きですわ。ヘボですけどな。よかったら、どなたか一番相手してくれなはるか」

中道警部補は、ずけずけと相手の境界へ踏み込み、どうだというように鬼寅を見た。

「将棋はここにいるわたしの供の者が強い。わたしはただ、暇つぶしに相手してただけや。よかったらこの男とやってみなはれ」

「ほう、お供はん――」いいながら中道は矢之吉を見た。矢之吉は黙って駒を並べはじめた。

「そんならお邪魔しまっせ」中道は衝立の横を通って、鬼寅たちの部屋へ入り、矢之吉と向かい合って座った。

勝負が始まり、盤上に駒のぱちぱちという音が響いた。中道は、「そう来たかい」とか、「これは強気な……」などと余裕ありげに呟いていたが、次第に、「そこまでやりなはるか」、「これはたまらん」と泣きを入れはじめた。矢之吉は黙ったまま将棋盤の上に顔を乗り出し、上半身をゆすりながら次の手を考えている。

中道はそんな矢之吉をじっと見ながら、

「あんさんにかかったら、王将もたまらんわ。ぼこぼこにされてまうで。どないして逃げたらええねん。教えてや」といった。

「逃げられへん――」

矢之吉がはじめて口を利いた。へんに分別くさい、冷酷な声だった。

「わあ、そんな殺生な。頼むで、ほんまに。――どうやって逃げたろかいな、ほんまに。――こう矢継ぎ早に攻められては、当分我慢せなしょうないな。こう来て、ああして、こうしのいだら、なんとかならんやろか」

ぶつぶつ泣き言まがいに中道は呟いていたが、簡単に負けそうだった勝負は意外に長引いていた。

「ええと、そちらのお手は？」と、やがて警部補は相手の持ち駒を聞いた。それまで中道の金や銀、桂馬、さらに飛車まで取って、猛攻を仕掛けていた矢之吉は、ほとんど持ち駒を使い果たし、もう二、三枚の歩兵しか残していなかった。

むっとしたように返事もしない矢之吉に、

「まあ、辛抱しとれば、人間なんとかなるもんや。それにしても、あんさん強いわ。わたしはヘボだが、ちょっとツキがあったみたいやな」口では柔らかくいいながら、中道は駒音を高く響かせた。それから五、六手で勝負がついた。

「へえ、おおきに」

中道は盤に向かって一礼したが、矢之吉はそっぽを向いて険しい表情になっていた。

5

窓の外が灰色に暮れてきたころ、「風呂が沸いたわ」と、奥さんが階段の下から大きな声でいった。

「一組ずつ入れるさかい、いんじゃん（じゃんけん）でもして順番お決めやせ」

「わかった」中道が階下へどなり返した。そして、「まあ、いんじゃんせいでも（しなくても）、一番風呂は先客はんに入ってもらおやないか、なあ」と市丸巡査にいう。

「そうですな。……湯ゥがさめたらあかん。早いとこ、お二人で行てきてください」

勧められて、鬼寅はその気になったらしい。

「ほな、ひと風呂浴びてこよか」と矢之吉をさそって立ち上がった。矢之吉は立つとすぐに、部屋の隅にある柳行李のところへ行った。手ぬぐいでも出すのかと思っていると、大きな風呂敷ごと柳行李をよいしょと背負って、鬼寅の後からそのまま階段を下りていった。

中道は唇を噛んで、市丸巡査と顔を見合わせた。

「やっぱり用心しとるな」

「荷物を検査するええ機会やったんですが……」

「まあ、ええわい。……暗《く》ろなってきたさかい、今夜はこのまま泊まろ。山は明日の朝や。二人がまだ夢から覚めきらんところを叩き起こして逮捕するぞ。ええな」

「はい」というなり、市丸はぶるぶると身震いした。中道は〈何しとんねん、たのむで〉というように頼りない部下の顔を見た。

やがて鬼寅と矢之吉が湯上がりの顔をしてもどってきたのと入れ違いに、ぼくたちは風呂場へ下りていった。

階段の裏にこの家の台所と風呂場がつづいていて、台所では奥さんが、両手を粉で真っ白にしながら、うどんを作っていた。

「ほう、夕飯にはうどんを食わせてもらえるんかい」

中道がうれしそうに声をかけた。台の上にこねたうどん粉の玉がよこたわり、奥さんはそれを麺棒で何回も延ばすのに夢中だった。

「おなごの力では、うどん作りはしんどいわなあ」まだそんなことをいいながら、中道は風呂場に入っていった。

一心洞の家の風呂は、五右衛門風呂ではなく、強いヒノキの香りがする木造りだった。

「ええ風呂や」中道は、湯にひたりながら、ざぶりと顔を洗って、満足そうにいう。自分の後でだれかが入ることがわかっている時は、自分が出たあと、風呂の焚き口に薪を一本たして燃しておくのが、どこでも昔からの礼儀だから、鬼寅たちのようなはみ出し者でもその礼儀は守っていた。

「やつらにはだいぶ振り回されたが、いよいよやのう――」

市丸巡査に背中を流してもらいながら、中道はぽつりといった。のんきそうに見えても、考えているのはやっぱり明日の朝のことだった。「無事逮捕できるように、神様にすがりとうなるわ。どこぞに警察の神様があるとええんやが」

神様か。そういえば大きなお札が台所に張ってあったぞと思った。奥さんがうどんを麺棒で延ばしていた、その頭の上に大きなお札があって、霊験あらたかな感じがしたのだ。――たしか「大神神社」の文字があった。

「警部補、このへんの人は大神神社を信仰しているみたいですね。だったら、警部補もそうすれば……」

ぼくはからだを洗いながらいった。

「何や？　オオカミ神社？　聞いたことないわ」

その返事はまったく意外だった。

「ほら、大きい神と書く……」

「ああ」といって中道は、バカなやつを相手にしているようなうんざりした表情を見せた。「オオカミ神社やあれへん。あれはオオミワ神社と読むのやがな。大和の一の宮やで」

あ、そういえば――とぼくは思い出した。桜井の宿に泊まり、部屋の窓から美しい三輪山を見た。その三輪山を御神体とする神社がオオミワ神社だと聞いたことを。

でも、三輪山を御神体とするのなら、どうしてオオミワを漢字で「大三輪」と書かないのか。「大神」と書くから、どうしてもオオカミと読んでしまうではないか。どうして無理やりにこんな字を当てたのか。読み間違えたぼくがわるいのか、間違えさせた字がわるいのかと、ぼくは自問自答しかけたが、その瞬間、あることに気づいて息がとまりそうになった。

大神神社＝オオカミ神社＝狼神社
大神神社の中に、狼がひそんでいたのだ。これは偶然だろうか。いや、そうではあるまい。だれもが自然にオオカミと読む大神の字を当てておいて、それをわざわざオオミワと不自然に読ませる。これが作為でなくて何であろう。

　からだを洗う手をとめて考えるうちに寒くなったので、ぼくはあわてて湯船に入り、考えつづけた。

　たしか中道警部補は、大神神社は日本で一番古い神社だといったのだ。それならこの神社は、そんな古い時代、すでに狼を神として祀っていたことになる。三輪山のなだらかな丘陵に狼たちが群れ遊んでいた日々、ふもとの里に暮らす人たちは、その狼ごと三輪山を神としてあがめたのではないか――。そう考えると、獣を捕る猟師が、今も狼に手を出そうとしない理由がよく理解できる気がした。――

　ぼくはこの発見に興奮し、すぐにも誰かに教えてやりたくなった。しかし、こういう話を面白がる鶴見はここにいないのだ。中道にいおうかと思ったが、明朝の犯人逮捕のことで頭がいっぱいの警察官がこんなことを好意的に聞いてくれるとは思えず、ぼくは黙って湯に沈んでいるしかなかった。そして、思った通りだった。

「ぼけっとアホな顔して、仕様もないこと考えとるんやないで。いつまで入っとるのや。出るで」人の感情というものをまるで配慮しない声で、中道はいった。

6

夕食のうどんは、仕事場の奥の板の間で食べた。この前、一心洞や伝次郎、房吉と呼ばれていた鬼寅と一緒にめすりなますを食べたあの部屋だ。あのときも大人はみんな酒を飲んでいたが、今日も鬼寅たちが酒を注文し、それを見て中道も同じように酒をたのんだ。中道警部補が本当に飲みたかったのか、それとも鬼寅たちを油断させるためだったかはわからない。

「まあ、一杯いこ」

酒が来ると、中道は鬼寅や矢之吉の茶碗に自分の酒を気前よく注いでやっていた。

「それにしても、あんさんはほんまに強いな。あんさんみたいなのを二枚腰いうんやろな。もしツキがなかったら、軽くひねられてたわ」と中道は将棋の話をして、矢之吉の機嫌をとった。おだてられて矢之吉は気をよくしている感じだった。

「どうやろね。明日はゆっくり朝寝するとして、昼間にでもまたお相手願いたいんやが」中道は新しく酒を注いでやりながら、こう聞いた。

「なんぼでも掛かってき」

矢之吉は犬に無造作に餌を投げ与えるようにいった。

ぼくは、中道がなぜこんなやつの機嫌を取るのかと思って、横を向いていたけれど、「明日はゆっくり朝寝するとして」というのを聞いて、ようやくこれが中道警部補の作戦だと思った。警部補は、脱獄囚に朝寝坊をさせ、油断しきっているところを逮捕するつもりなのだと。

酒宴がつづくうちに、いつの間にか天候が変わったらしい。風が表戸に吹き付け、隙間風がランプの灯をまたたかせた。

「荒れてきよったな」と、中道が外の気配に耳を澄ました。

国見山の樹木がごうごうと鳴っていた。そしてぼくは、その圧倒的な風の音に混じって、誰かの声が遠くから途切れ途切れに聞こえてくるのに気がついた。誰かが遠くで声をふりしぼってぼくを呼びつづけている――そんな気がした。

「お犬様が遠吠えしてはるわ」

新しい焼酎の瓶を持って入ってくるなり、一心洞の奥さんがいった。

「お犬様?」何のことかすぐにはわからなかった。遠かった声がだんだん近づいてくるようだった。

「イヤな声や」と矢之吉が険のある言い方をした。

気がつくと、そこにいる全員がいつの間にか、しんとして外の気配に耳を澄ましていた。

「来なはった」というなり、奥さんは仕事場の土間へ下りて、表戸を開けた。重い木の戸がきしみながら開くと、いきなり冷たい風が吹き込んできた。ぼくは思わず立ち上がって、外の様子をうかがっていた。

そこで見た光景を、ぼくは忘れることはないだろう。

一心洞の仕事場を取り囲むように、およそ三十頭の狼の群れが半円形に散らばって、細長く尖《とが》った口吻《こうふん》をいっせいにこちらへ向けていたのである。

仕事場の戸口と狼たちの距離は二十メートルも離れていなかった。この前、猟師とぼくを送ってくれた狼が、最後に蛇洞沢の岩場にたむろして、これほど近くまで寄ってこなかったことを考えると、いま彼らがいるのはぼくのすぐ目の前だといっても誇張にはならないだろう。

上空を吹く強い風のせいで、千切ったような雲のかたまりが次々と山の稜線のかなたに移動していた。そのたびに月が雲をいそがしく出入りして、狼の群れを明るく照らしたり、黒い影に変えたりした。

この時、ぼくはまるで狼に恐怖を感じなかった。この距離からは、はっきりと獣の顔貌を見ることができた。毛並の一本一本がはっきり見えたといってもいい。その真っすぐな耳や、真剣な茶色の瞳や、少し舌をのぞかせた口がぼくに何かを問いかけていた。その真摯な問いに、ぼくはいいようのない親近感さえ感じていたのだ。

狼に恐怖を感じなかったのは、ぼくの神経がマヒしたというより、すでに一度彼らと遇っているおかげだったろう。

その証拠に、初めて狼を見た人々はそうはいかなかった。市丸巡査は思わず中道警部補の後ろに隠れようとした。矢之吉は、

「何やこいつら。やるならやってやろやないか」

脅し文句を口走って、夕飯の席まで持ち込んでいた柳行李から、素早く、長さ二尺余りの脇差を取り出して鞘を払った。

中道警部補は、内心がどうだったかはともかく、見たところ動揺を見せることもなく、狼に負けないほどの強い光る目をして、突然現れた獣の一群を見つめていた。

こうして、全員が立ち上がってしまったというのに、鬼寅ひとりが端然と座った姿勢を

崩さないでいた。

「お犬様、今日は塩がほしくてお越しやしたのやわ」

奥さんはそういうと、一心洞が伝次郎に渡した見覚えのある塩の壷をとって、戸口を出ようとした。

塩がもらえる――と知って、狼たちが反応した。中には待ち切れず一歩二歩、前に出ようとしたものもあった。犬でも、餌をもらうときは大喜びして、足掻《あが》くように催促するじゃないか。それと同じことをやったんだ。だが、矢之吉は、それを狼が人間に襲いかかる前兆と勘違いしたらしい。

「阿呆、何さらす気や。やめんか！」

突然、矢之吉がかん高い声でわめいて奥さんに走り寄ると、左腕を彼女の首に巻きつけ、ずるずると仕事場の土間の中へ引きもどしたのだ。はずみに塩の壷が落ち、硬い音をたてて割れた。そして、土間一面に塩が散乱した。

人間たちの不測の動きを見て、狼の群れはあきらかに動揺した。落ち着きなく歩いたり、低く唸ったりしはじめたのである。その様子が矢之吉の恐怖心に火をつけた。彼は奥さんの首を扼《やく》した左腕を離そうとしないで、あきらかに、狼が襲ってきた場合彼女を盾にしようとした。奥さんは首を圧迫されて苦しんでいたが、矢之吉は容赦しなかった。

「おい、手ェを離したれ。息がでけんやないか」

中道が叫び、二人を引き離そうとしたけれども、矢之吉は抵抗した。

「何をさらす。わいの身体に手ェを掛けたら許さへんぞ。あほんだら！」

この男は小柄だったが、見かけに似ず腕力が強そうだった。しかも右手に、抜き放った白刃をにぎりしめている。

「早ようせなあかん。……市丸、そっちから行け！」中道は市丸巡査に指示し、逆上した矢之吉を挟み撃ちにしようとした。ぼくは素手で刀に立ち向かうのは無茶だと思い、武器になりそうな物がないか、あわただしく周りを見回した。でも意地の悪いことに、こういうときに限って適当なものが見つからないのだ。

土間では、近づこうとした市丸巡査が、刃物男の振り回す刀に危なく斬られそうになった。

「うわっ、危ない！」と叫んで、巡査はかろうじて刀をかわした。「――警部補！　だめです。これでは近づけません」

叫んだ市丸巡査は夢中で気づかなかったが、矢之吉は気がついて、ハッと中道を見た。

「警部補やと？……ほな、おまえら警察やったんか」

白い顔の中で、湿った細い目がじっとりと緩慢に動いた。それから人質をつきとばしておいて、思いがけない素早い動きで市丸巡査に身体をよせた。奥さんが土間にくずれ落ちたときには、もう、脇差の刃が巡査の喉首に突き付けられていたのだ。

「動くなや。動いたら斬るで」爬虫類みたいに血の冷たさを感じさせる声で、脱獄囚はいった。それから、

「おまえもこっちへ来たらんかい」と中道にいう。「おとなしゅう、わいのいうことを聞かんと、こいつの命は無いで」

中道がどうするかと、様子をうかがいながら、ぼくは息が詰まるようだった。中道警部補は矢之吉から三歩の距離に立ったまま、歯をくいしばり、目をいそがしく動かしていた。どうやったら活路が見いだせるかと、頭脳が大回転しているに違いなかった。よりによってこんな時に警部補の官名を出した市丸巡査の大失態を、心の中で何百回ものののしりながら。

だが、こうなってはもう打つ手はなかった。

「早よう来んかい」とふたたび恫喝されて、中道は観念したように矢之吉の前へ出た。

「それでええんや。どうせ、おまえら、わいには逆らえへん」いつでも刀の届く距離にいる人質に満足したように、矢之吉はにやりとした。それから、

「あそこへ行て、戸を閉めてこいや」と、表戸をあごでしゃくった。

あきらかに矢之吉は、人質のひとりを手元に引きつけ、もうひとりを自由に動かすことを楽しんでいるように見えた。中道がいわれるまま、表戸を閉めに行きかけたとき、

「あ、警部補。それは自分がやります」

後ろから襟首をつかまれている市丸巡査が、身もだえして叫び、前へ出ようとした。部下としては、警部補がそんな雑役をさせられるのを黙って見ているわけにはいかなかったのだろうが、無論ここでそんな平常の行動が許されるはずがなかった。「阿呆！　じっとしとらんかい」と荒々しく引き戻され、人質は尻餅をついて転倒した。

表戸が閉められる時、外の狼たちは不安そうに小さな鳴き声を洩らしたり、うろうろと歩いたりしていた。その悲しげな様子がぼくの胸にしみた。だが、戸がぴたりと閉まってしまうと、刃物男のほうは緊張が一気にとけたようだ。

彼は刀でおどかして、二人の警察官を奥の板の間へ連れていきながら、ぼくの方を細い目で見て、にやにやと笑った。おそらく、こんな学生みたいなもん、泳がしておいてもだ

いじょぶやと考えていたのだろう。

中道と市丸巡査は板の間に低く引き据えられ、正座して茶碗酒を口に運ぶ鬼寅に見下ろされる形になった。明朝の逮捕を考えていた中道としては、悔やんでも悔やみきれない大変な誤算だった。

「大将、ここまで警察に嗅ぎ付けられるとは思わしまへんでしたなあ。危ないとこやった」と、油断なく中道たちを見張りながら、矢之吉がいった。

「その学生に案内させて、たった二人で乗り込んできたとこは、なかなかええ度胸したあるで。その警部補」

鬼寅は切れ長の目で中道を見た。

「もうここも早よう立ち退《の》かんとあかん。今度はどこへ行かはりますか」

「そんなこといえるかい。目の前で警察が聞いとるやないか」

「構やしまへん。どうせ行きがけに皆殺しにして行きまっさかい」

矢之吉はうれしそうに笑った。ひきつった甲《かん》高い声で笑うところは、欲しかった玩具をやっと手に入れた子どものようだった。

「おまえは乱暴やな。人を殺すのもたいがいにしとくもんや。人殺ししても何もええことはない」

「そうかも知れんけど、大将が吉村寅太郎先生の遺志を継いで、異人打ち払いの攘夷を貫きはるためには、わたしが先鋒《せんぽう》となって、大将の邪魔をするやつを皆殺しにせなあかんと決めたのだす。もう何年になりますかいなあ。初めて大将から攘夷の話を聞かされて、わたしは生涯このお方について行こうと思うたんですさかい」

「そやけど、ここでだけはやめとけ」

鬼寅のことばは、静かな池に水滴がぽたりと落ちたように周りにひびいた。

「なんでどすねん」

「ここはわしの幼なじみの家や。お内儀《かみ》さんもいてはる。ここでそんな真似したらあかん」

「そんなこというても――」矢之吉はあきれ顔をした。「ここへ来るまで、一心洞いう鍛治屋が幼なじみと知らんかったのやおまへんか。そんなもん、ほっときなはれ」

「そうはいかん。小さい時分に遊んだだけやのに、一心洞はわしを見てすぐ房吉だとわかってくれた。懐かしいというて迎えてくれたのや。そんな友だちの情義を仇で返してはならん」

「ほな、まあ好きにしはったらよろしいがな」といったが、矢之吉は楽しみを奪われた子どもがよく見せる拗《す》ねた膨れっ面になった。

「異人を斬るのは、わしらの国を手に入れようとする異国の連中に、日本に来たらあかんと警告するためや。ところが、おまえのやることは攘夷とは何の関係もあらへん。しんそこ血ィを見るのが好きとしか思われへんのが心配や」

「大将……」

「炭焼き小屋や戸長の屋敷で、わしが目ェをはなした隙に、大勢の人をぼこぼこにしてしもうた。二度とあんなことはしいな（するな）」

「そういわはりますけど、逃げるためには何でもせんなりまへん。大将は攘夷のことだけ考えてはったらよろしいのや。ほかのことは、大事の前の小事やと思て、目ェをつぶっててておくんなはれ」

矢之吉は刀を中道の首筋に当てたまま、蛇が鎌首をもたげるように、じっとりと視線を上げた。

「攘夷のことだけ考えとれ――か」鬼寅は矢之吉のことばをポツリと繰り返すと、手にした酒の茶碗に目を落とした。一瞬、その横顔が寂しそうに見えた。

「不思議やな」と鬼寅はいった。「わしが子どものころは、日本中が開国か攘夷かで大揺れに揺れとったんや。わたしの父もそうやが、侍の半分が、外国のいいなりになったら日本がもう日本でなくなると考えて、攘夷の意気に燃えとったのや。何千人も何万人もな。ぎょうさんおったわ。……それなのに、あれだけぎょうさんおった人たちはどこへ行ったのやろ？　今ではどこにも見あたらんやないか。日本を守ろうと燃えとった意気がそんなに簡単にすぼむものか。わたしにはそれが不思議で仕方がない」

「そんなん、ええやおまへんか。たとえ人がやめて一人きりになっても、大将だけは攘夷の誠の道を貫きはるんや。むかし侍だったいう人間はようけおるけど、今時、ほんまに侍の心を持った人は、大将のほかにはもうおりまへんで」

矢之吉が機嫌をとるようにいう。鬼寅は何か思いを断ち切るように、残りの酒をひと息に飲んだ。

「そんならもう出かけるぞ。警察の連中は柱へでもくくっとけばええ」

鬼寅は立ち上がった。二階へ行き、下りてきた時は山袴をつけた旅姿になっていた。

刀を突き付けられて動けない中道警部補が、無念そうに鬼寅を睨んでいた。ここまで追い詰めながら、もう一歩のところで脱獄囚を取り逃がす気持ちはどんなものだろう。

「大将、一足先に行っててくれはりますか。すぐ追いつきますさかい」矢之吉がいった。

「無駄な殺生はすなよ」といってから、表戸をあけて鬼寅が外に出た。矢之吉が聞いた。

「狼は？」

「もう行ってしもたわ」と、鬼寅が周りを見てからいった。「ま、居てもどうということはない。狼は眉毛の下から人間を見て、それが真人間か、人間の皮をかぶった畜生なのか、ちゃんと見分けるさかいな。真人間には襲いかかることはないそうや」

それから、天誅組吉村寅太郎の遺児で吉村鬼寅と名乗る脱獄囚は、風が吹きすさぶ夜の闇の中に歩み去った。

矢之吉が鬼寅を見送っている隙に、ぼくは仕事場から台所へ素早くすべり込んだ。一瞬後ふり向いた矢之吉が、「さあ、始めよか」といった。なめくじのように湿った細い目が、これから始まる快楽を想像して笑っていた。

「学生は逃げたか。あんな者どうでもええ。……大将が助けたれいうさかい、おばはんも助けたるで。二階へでも行っとり。……用があるのは警察だけや」

右手にもった脇差の切っ先を、中道警部補と市丸巡査の喉に等分に突き付けながら、矢之吉はじりじりと前に出た。押されて二人は後ろに下がるが、そこはもう仕事場の羽目板だ。絶体絶命の瀬戸際だった。

「いっぺんには殺さへん。喉を切って、息をしにくうさせたり、ぼこぼこ殴りつけて弱ってくのを見るのが好きなんや。……どっちからいこか」

台所に隠れているぼくから見ても、追い詰められた中道の背中はもう仕事場の羽目板にくっついていた。抵抗するすべもなく無念そうに垂れた手が、仕事場と台所との通路にはみ出していた。その指が何かをつかみたそうに、ぴくぴく動いた。

台所にかがんだまま、ぼくはその指にそっと武器をにぎらせた。その動作は矢之吉からは見えなかったと思う。

「ほな、おまえからいくわ」

声と同時に、矢之吉は中道の左の首筋に向けて無造作に刀を振った。

遠心力を加えて切れ味が深まるはずだった刀身は、首筋へ向かって飛んで行く途中で、カンという鈍い音とともにはじき返された。ぼくが見たのは、麺棒で刀を払い上げると同時に一挙動で、びしりと矢之吉の右手首を打った中道の動きだ。打たれた手首は骨が折れたかもしれない。矢之吉の顔が苦痛でゆがみ、打たれた箇所にありありとうどん粉の白いマークがついた。

それでも、矢之吉はしぶといやつだった。右手が使えなくなったので、刀を左手に持ち替えて、さらに斬りかかろうとしたのだ。が、麺棒を持った中道警部補は、先ほどまでの無力な警察官とはまるで人が違っていた。棒の先がゆっくり上がってみぞおちの辺りを指しただけで、矢之吉は一歩も動けなくなってしまった。

「脱獄囚、風間矢之吉。逮捕する。神妙にせい」

中道警部補が一喝した。市松巡査が捕縄《ほじょう》を取り出して、この危険な累犯者に近づき、刀を取り上げようとした。と、突然、矢之吉は身をひるがえして、開けっ放しの表戸から外に走り出た。つんのめりそうな足音が一心洞の家から遠ざかっていった——と思ったのだが、なぜか家をいくらも離れないうちに、急に矢之吉は立ち止まっていた。

ぼくたちはすぐに、その訳を目撃した。雲が群れ飛んではいたが、その上にかかる月は明るくて、その慈悲の光が地上の一部始終を照らし出してくれたんだ。

走っている途中で急に動きをとめた矢之吉は、不自然な姿勢で立っていた。そして、この男の周りを、およそ二十メートルの距離をたもって三十頭ほどの狼がとり囲んでいた。

矢之吉はガクガクするバネ仕掛けの人形のように、ぎこちなく後ろを振り返り、いま自分が走り出てきた道筋には狼がいないことを確かめ、もう一度一心洞の家にもどろうとした。しかし、彼が一歩後ろへ下がると、その意図を察したように、狼がゆっくり後ろへ回り込み退路を断った。

「わあっ、やめてくれ」と矢之吉が絶叫した。

狼たちは決して急がず、長い眉毛の下から分別のある瞳を光らせて、この男が真人間か、人間の皮をかぶった畜生かを見極めようとしていた。そして一頭の若い雄狼がのっそりと矢之吉の臭いを嗅ぎに近づいてきた。この雄は十分に臭いを嗅いだあと、後肢《あとあし》で立ち上がって前肢を相手の胸にかけ、口吻を寄せて、矢之吉の細い目の中をのぞき込んだのだ。

矢之吉にはもうそれが限界だった。彼は自暴自棄になった泣き顔で、下から刀で雄狼の腹を突き上げた。

きゃん、と鳴いて、雄ははじかれたように転がった。それを見て、狼の群れがいっせいに矢之吉に襲いかかった。

7

蛇洞沢からもどって、三日過ぎた。

奈良監獄を脱獄した三人の囚人のうち、風間矢之吉は奈良県の山中で狼に襲われて死亡。残る一人の吉村鬼寅のみがなお逃走中――。

中道警部補は、ずっと電話機にかじりついて所轄の警察署と連絡しあっていたが、鬼寅の行方は杳《よう》としてわからないままであった。

ぼくが中道と市丸巡査を案内して蛇洞沢へ行っている間、アンダーソンは、助手と護衛の警察官が宿舎から突然姿を消してしまったことに、とても困惑したらしい。しかし鬼寅のことは、人斬りの標的にされるアンダーソンに不安を与えるといけないので何も話さないことにしてあった。だからぼくたちは、帰ってきてから不在だった理由をいくら聞かれても、まだ鬼寅の行方がわからない上は、アンダーソン本人に本当のことをいうわけにはいかなかった。

「三人とも、私に無断で、どこへ行っていたのか」と、ぼくと中道、市丸巡査を並べておいて、アンダーソンは審問会まがいのことをやった。水みたいに冷静、氷みたいに冷酷な態度だったけれど、その向こうに怒りの火が燃えていた。

市丸巡査は恐れ入っていたが、中道警部補は見るからに面倒くさそうだった。

「ナカミチ警部補。貴君は護衛官でありながら、任務を放棄して、今まで何をしていたのか」と怒りの矛先《ほこ》が向けられたとき、

「そういわれても困るワ。適当にいうといてんか」

中道は通訳のぼくにゲタを預けようとした。

「適当といっても困りますよ。どういおう」

「ほな、――どういうわけか何も覚えてない、いうといて」

中道は図太いことをいった。いくら何でもひどすぎると思ったが、ではどういえばいいのかと聞かれたら返事の仕様がないので、ぼくはその通りを伝えた。

そして結局、ぼくも市丸巡査もそれにならった。

「三人ともなにも覚えていない!」と、アンダーソンは叫んでぼくたちを睨みつけたが、よほど呆れたのか絶句して、審問会はそのまま閉会になった。

当然、その後、アンダーソンの機嫌はよくなかったが、警部補は、「気にせいでも、機

嫌みたいなもんすぐ直るがな」といって、まったく気にかける様子がなかった。そして、本当にその予言が当たったのだ。

今朝のアンダーソンはぼくを見るなり、

「おはようカナイ。今日はいよいよ、ハンターがもどってくる日だ」と、向こうから声をかけてきた。そうなんだ。今日は動物買い上げ十日間の最終日にあたっていて、三日前から山に入っている猟師の伝次郎、多十、耳助の三人が山を下りてくることがわかっていた。

アンダーソンが張り切っているのは、もちろん、ハンターが今度こそ待望の狼を仕留めて持ってくるのを期待してのことだが、こうしてアンダーソンと一緒にいる間に、ぼくにはいろいろわかってきたことがある。その一つは、西洋人がとても粘り強い性格をもっているということだった。日本人ならあっさりとあきらめてしまうようなところでも、西洋人はあきらめようとしない。一パーセントでも可能性があれば、そこへ全力で立ち向かっていくという感じなのだ。事実、この朝のアンダーソンがそうだった。

「予定していた狼をもって帰らなければ、私が日本に来た意味がなくなる。絶対に持ってかえる」と、宙を見つめたまま、ものに憑かれたようなきびしい声で彼はいった。それはぼくに話すというより、自分の信仰する異国の神に誓う言葉のように響いた。

「探検を完全に成功させなければ、イギリスの学会は私を高く評価しない。そんな結果になったら、私がはるばる遠い国まで来た意味がなくなる。だから私は絶対にこれを成功させなければならないのだ。カナイ、そうだろ」アンダーソンはそういった。

「そう思います」と、ぼくはさからわずに答えた。

「私のために祈ってくれ。今日の結果次第で私は有名な学者への道を進むことができる」

功名心に駆られたアンダーソンの素顔をぼくは見た。

ぼくだって、もし半年も異国に一人きりでいたら、他人に見せる顔の我慢の限界というものがあると思うのだ。鶴見みたいに本音で話せる友達もいないまま月日が降り積もっていったとしたら、きっと誰にでもいいから、自分の本心をぶちまけてしまいたいという衝動に襲われるだろう。すぐそばにいる手近な誰かに。そしてアンダーソンはそうした。いつもなら異民族の青年助手として一定の距離を置いているぼくに向かって、つい本音を洩らしたのだ。

アンダーソンは酒を飲まない人間だが、この日はウィスキーでも飲んだように饒舌になり、しかも自分で歯止めが利かなくなっていた。いつも生真面目で深刻な顔付きをしているだけに、その躁《そう》状態はひどく目立った。

こうして土壇場まで粘っているが、ハンターが帰ってくればアンダーソンの膨らんだ期待はあっけなくしぼんでしまうことがわかっているので、ぼくははらはらしないではいられなかった。

だが、物事はどう動いていくかわからない。

夕方、猟師が戻ってきた。抱月楼の庭に引き込まれる大八車のあとに村人が続いている。見物かたがた車から獲物を下ろすのを手伝おうというのだ。

「気張ってよう捕ってきたで」と、先頭のひとりが荷台を見ていった。そして、角をつかんで一番上に積んである鹿を下ろしにかかった。と、どういうわけか、伝次郎が大八車とその村人の間に広い肩幅をわりこませ、「今日はわしらが後で下ろすよって、手伝ってもらわんでもええわ。すまんな。おおきに」といった。

その口調はどこかぎこちなく不自然だった。だが、何を捕ってきたかは荷台を見れば一目でわかることなので、村人たちはそれ以上手を出すわけにもいかず、うやむやのうちに引き上げていった。伝次郎はそれを待っていたようである。

「ほな、隊長さんに見てもらいすで」というなり、多十と耳助に合図して獲物を次々に下ろさせはじめた。すると荷台にただ敷き詰めてあるように見えたむしろの下に、もう一つ、特別の獲物が隠してあったのだ。伝次郎が威勢よくむしろをめくったとき、見ていたぼくは腰をぬかしそうに驚いた。

「狼だ！」

たしかにそこには一頭の若い狼が茶色の眸《ひとみ》をひらいたまま横たわっていた。

ぼくの横ではアンダーソンが両方の手のひらをパチンと大きく打ち鳴らし、短く精悍《せいかん》に叫んだ。日本語に直せば、「狼だ！　やったぞ！」といったのだ。

「どうや、お望みのもんですわ」と伝次郎がたかぶる気持ちをおさえた声でいった。

「君たちが優秀なハンターであることを信じていた。よく狼を追跡して捕ってきてくれたな」と、アンダーソンは喜びを隠さずにいった。猟師たちは依頼主の満足そうな表情を見ると、たがいに目配せをしてから口々にいいだした。

「旦那、これには苦労しましたで。この辺りでは狼はめったに出てきよりまへんよってな」

「ほんまや。これはごっつう珍しいものですわ」

「そやから、これは特別の代金にしてもらわんとな。十五円はもらわな渡せまへんわ」

ぼくは彼らの言い分を伝えた。猟師たちは油断なくアンダーソンとぼくを見張っていた。

「おお、君たちが苦労したことはよくわかっている」とアンダーソンは肩をすくめた。

「しかし、私は毛皮を売ってもうけるためにこんなことをやっているのではない。学問のために世界の動物を調べて、標本をつくり保存する目的でやっているのだ。それをわかってもらいたい。できるだけは払うつもりだが、十五円は無茶な値段だ。ネズミの二百倍の六円ではどうだろう」

「六円では日当にもならん。せめて十四円はもらわんとな」

「わずかな間に十四円もうけるなんて、大臣でもそんなにとっていないだろう」

「いうとくけど、この機会を逃さはったら、狼は二度と手に入らしまへんで。一カ月山へ入ってもな」

多十がテコでも動かない顔を見せた。アンダーソンはあきらめたように両手をひろげた。これはお手上げということだね。

「わかった。本当なら最初に決めた値段でいいのだが、君たちの努力を認めて八円五十銭出すとしよう。それなら満足だろう」

アンダーソンは清水の舞台から飛び降りた。これで話はついたとぼくも思った。ところが猟師たちは承知しなかった。

「そんなん、話にならんわ」

「十四円やないとあかん」

彼らは欲にかられたように大声を出した。アンダーソンが妥協してきたので、もっと取れると強気に出たのだ。

「カナイ、彼らにいってやれ。私をナメるなと」アンダーソンが急に腹立たしそうにいった。「大英帝国の威信にかけて、無法は許さないぞ」

さっきまであれほどうれしそうだったアンダーソンの顔が引きつっていた。ぼくは小さいため息をついてから、伝次郎にいった。

「あなたたちの売値が高いから、アンダーソン氏はバカにするなと怒っているよ」

これを聞くと、思った通り猟師たちもいきり立った。アンダーソンが憎悪に満ちた青い目で睨んでいるのだから、もう喧嘩別れになるのが目に見えていた。

「狼、持ってきただけムダやったなあ」

「もう、いの（帰ろう）や。買い手はほかになんぼでもあるわい」

伝次郎たちは腹立たしげにわめいて、狼を乗せたままの大八車を引いて行ってしまった。

庭がシンとした。つい今しがたまで、ここに狼があったことが信じられない。物事がうまくいかなかった時にやってくる空しさが、天から舞い降りて、庭をつつんだみたいだった。

アンダーソンも、自分が何をしたかよくわからなかったのではないか。大八車が消えてしまってから、彼はハッと夢からさめたような表情になった。

「しまった！　ハンターを帰すなんてどうかしていた。去年の夏から探していたニホンオオカミだったのに！　これで狼を手に入れる機会はもう二度と来ないかもしれない！」

彼は頭を抱えた。自分の冒した失敗を今になって悔やんでいた。そんな様子は審問会を開いたのと同じ人物だとは思えないほど気弱に見えた。だから、ぼくはこういってなぐさめた。

「心配しなくても、彼らはすぐに戻ってきますって。……賭けてもいい。絶対戻ってきます」

ぼくが予言者めいたことをいうのをアンダーソンはあてにしなかったが、予言は的中した。二時間ほどして伝次郎たちがまた狼を持って現れたのだ。彼は少しきまりわるそうにいった。

「わしら、あれから三人で相談したんやが……、やっぱりこれは旦那の言い値で売るわ」

——この大和地方は、ほかの土地と違って、狂犬病が流行した時にも「狼を全部殺せ」というような過激なことをいう人がいなかった。そのおかげで狼の群れは無事温存されたのだろう。しかし、これからの世の中はそうはいかない。文明開化の世の中はどんどん変わるのだ。だから、狼たちはこれからはなるべく森の奥に隠れ、百年も千年も、人の目に触れないまま生きてくれ。明治三十八年には狼はすでに絶滅したと人が思うのなら、そう思わせておいた方がいい。ぼくはアンダーソンのものになった狼を見ながらそう思った。

待望の獲物を入手したアンダーソンは、すっかり元気をとりもどし、

「カナイ、明日は忙しくなるぞ。旅館の主人にタンクの用意をするようにいってくれ」

といった。

だがアンダーソンが何といっても、ぼくはもう、この狼を解体し、みじめな骨と皮だけにする手伝いなんかするつもりはなかった。狼は山野をいきいきと走っていてこそ狼なのだ。

だから次の朝、アンダーソンが「カナイはどこにいる？」と叫んでいるころ、ぼくの姿は抱月楼から忽然《こつぜん》と消失していた。あとで聞いたところでは、また助手がいなくなったので、アンダーソン氏は大変立腹したという。だれに聞いてもぼくの行き先を知らなかったが、抱月楼のじいさんは、

「きっと、これは神隠しや！」とアンダーソンに教えたそうだ。「こういう奥深い山里では、人がにわかに居らんようになることがようある。それでも、しばらくすると、ひょっこり帰って来て、夢を見ておったみたいで、自分がどこで何をしとったか、全然覚えとらんといいよる。なんやわからんが、神様が隠しはると、そういうことがあるんや」

百年近く生きているじいさんは、この世のことなら何でもお見通しだ。じいさんがいったように、狼の解体が終わった後で、ぼくはひょっこり戻ってきた。

「カナイ。助手のくせに、忙しいときにどこへ行っていたのだ」と、アンダーソンは怒り心頭に発して、ぼくには聞き取れないほどの早口で何か叫びつづけた。きっと全部罵《のの》りことばだったのだろう。ぼくは頭を垂れて、あらしが頭上を通過するのを待った。何をしていたと何度いわれても、「何も覚えていないのです」と、ぼくは中道に教わった手で同じことをくりかえした。しまいにアンダーソンは呆れて、もうそれ以上追及するのをあき

らめた。本当に神隠しにあっていたのだろうかと、混乱してしまったのかも知れない。西洋人にとっては信じられないことがいろいろ起きるのが日本なのだ。

そういえば、あの鬼寅もあのまま姿を消してしまったけど、やはり神隠しに遭《あ》ったのだろうか。異人を斬り払って日本から追い出すことだけを人生の目的にしてしまった鬼寅――。こんな人物は、幕末ならともかく、文明開化の時代にはもう生きていくことはできそうもないから、八百万の神々が統治する太古の世界にさらわれているほうが幸せなんだ。

だけど、狼には絶対に手を出さないはずの大和の猟師がなぜ狼を持ってきたのか、伝次郎たちがやったことはおかしいと思うだろ？　ぼくだって最初、大八車に乗っている狼を見たときはぶったまげたんだから。でも、もしかしたら――と気がついたので、それとなく狼の腹を調べてみた。するとやはり思ったとおりだった。傷口が小さいのでうっかりすると見落としそうだったけれど、狼は十分命取りになる深い刺し傷を腹部に負っていたのである。

矢之吉の臭いを嗅ぎに近づいたあの若い雄狼は腹部を刺されたあと、よろよろさまよい歩いて力尽きたのだろう。三度目の猟に出た伝次郎たちが森の中に倒れている狼を見つけた。そして、もう死んだものなら買い上げてもらっても罰が当たるまいと考えて、村へ持ち帰ったのに違いない。

ぼくが調べたときには、狼はもう内臓が腐敗しかけていた。あと一、二日したら毛皮にまで臭いが移って買い手がつかなかっただろう。だからぼくは、値段が折り合わなかった猟師たちがそれに気づいて、もう一度アンダーソンのところへ戻ってくるに違いないと思ったのだ。

あの雄が八円五十銭でアンダーソンのものになった。はるばるイギリスから来たのだから、アンダーソンがこういう形で狼の個体を手に入れたのは悪い結末ではなかったと思う。だが、それが、外からはわからない腹部の傷以外はどこにも欠損のない完全な個体だったかというと、そこは問題だ。

小さな欠陥だけれど、個体が完全でなくなったのは、狼が村に運ばれてアンダーソンと猟師が値段の交渉をはじめたときのことだった。みんなお金に夢中になっていて、だれも肝心の狼を見ていなかった。その時だ、ぼくが狼の長い眉毛をひとつまみ切り取ったのは。

狼はひさしのように突き出た長い眉毛の下からものを見て、良い人間と人間の皮をかぶった畜生を見分ける。人間だって、狼の眉毛を目のうえにかざしておいてものを見ると、物事の真実が見えるんだそうだ。昔話にも、狼から眉毛をもらったおかげで利口になった人間の話がよくあるだろ。

外国が接近するのを恐れたり嫌ったりして、日本人が攘夷を叫んでいたのはもう昔のことになった。今では外国の力が日本中を取り巻いている。こんな時代を生きていくために、狼の眉毛はきっと役に立ってくれると思ったのだ。切り取った狼の眉毛は、枯れたすすきの穂を摘んだような手触りだった。強い山の力がこもっているその眉毛を、ぼくは大切に手のひらの内に握りしめた。

［著者略歴］
荒川　晃（あらかわ・あきら）
1937年、名古屋市生まれ。ルポライター、名古屋外国語大学教授を経て、現在名古屋学芸大学短期大学部名誉教授。
著書に『血忌』（深夜叢書社）、『濃尾歴史散歩』（創元社）などがある。

装幀／夫馬デザイン事務所

アンダーソンの狼

2007年6月12日　第1刷発行　（定価はカバーに表示してあります）

著　者　荒川　晃
発行者　稲垣 喜代志

発行所　名古屋市中区上前津2-9-14　久野ビル
振替 00880-5-5616 電話 052-331-0008
http://www.fubaisha.com/
風媒社

乱丁本・落丁本はお取り替えいたします。　＊印刷・製本／チューエツ
ISBN978-4-8331-2064-7